U0018367

半小時
漫畫古詩詞

陳磊·半小時漫畫團隊

著

目　　錄

一、起底古詩詞家族：除了唐詩宋詞，還有很多你不知道的成員！

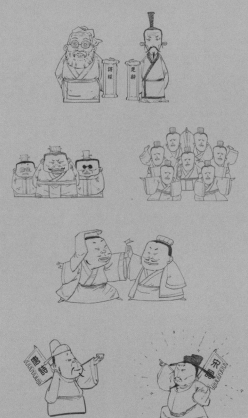

大家好，從現在起，我們將正式開始學習中國**古詩詞**。

* 混子哥早就出版了《半小時漫畫唐詩》、《半小時漫畫宋詞》系列！

在中國古詩詞歷史的長河裡，可不只有唐詩和宋詞唷，還有
《詩經》、《楚辭》、漢賦、樂府詩……

別擔心，玩過鬥地主遊戲嗎？哥悄悄地告訴你，中國古詩詞的歷史，就是一句鬥地主的術語：

倆王，四個2！

倆王，就是唐詩、宋詞兩大頂級流量；四個2，就是古詩詞在其他朝代各有兩個主要特徵。

不信？那我們就按時間順序來看一下。

一、先秦的2：兩大品牌

別看古詩詞那麼高大上，剛開始的時候，它只是用來解悶的。

那時候，民間沒什麼娛樂活動，大家每天的事情就是幹活，比如打獵、採摘……

這種事實在無聊，為了給自己提神，人們就想了個辦法：在幹活時唱歌。

最早的歌，就是人們在勞動時發出的這種簡單而有節奏的呼叫。

唱歌既能解悶，又能讓大家跟著節拍一起使勁。因此，這種方式逐漸流傳下來，內容也越來越豐富。

最後，它們發展成了各地的民歌，這就是早期的**詩**。

所以在古代，詩與歌是密不可分的。

歌的內容都是些家長里短、風土人情，這些對統治者了解群眾生活很有參考價值。

所以到了西周，朝廷就派出一些官員，前往各地收集民歌。

這些人，叫作**采詩官**。

民歌收上來後，再由音樂人重新譜曲，唱給周天子聽。天子透過聽歌，就知道老百姓過得怎樣。

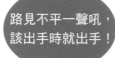

除了翻唱民間歌曲，一些貴族文人還會鼓搗一點原創音樂，寫些主旋律的歌，歌頌一下王室、神靈和其他什麼的。

這兩類歌曲，後來被孔子重新整理，編成了一本書。這本書在當時叫**《詩》**，到漢朝才有了一個正統的名字：

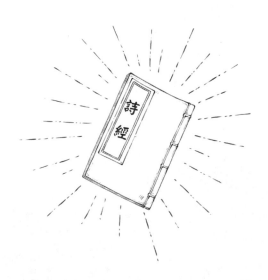

《詩經》是先秦第一大詩歌品牌，文人們寫詩都要參照它的格式，每句話四個字，讀起來朗朗上口。

但也有人覺得——

這個人就是**屈原**。

　　屈原的一生可以說是大寫的「悲劇」，他被小人算計，被領導嫌棄，心裡憋著一肚子話。

於是，他按照家鄉**楚地民歌**的風格，把想說的話寫成了另一種類型的詩。

　　這些詩跟《詩經》的行文格式不同，一下子就成了爆款，當地很多文人都開始模仿他。

　　到了漢朝，有人把這些楚人的文章編成一本書，也取了個名字：

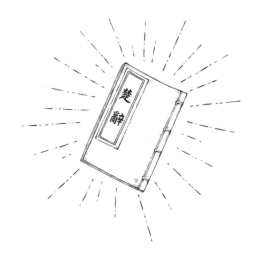

　　楚地遠離中原，民歌風格與中原很不一樣。由此而來的《楚辭》也跟《詩經》差別很大，比如每句字數比較多，常帶個「兮」字。

就這樣，《詩經》和《楚辭》共同組成了先秦詩歌界的兩大品牌。

而它倆不僅影響了當時的文壇，對後世的文學也有深遠影響。

二、漢朝的2：兩種傳承

　　《詩經》和《楚辭》的名字都是漢朝人取的，由此可見，漢朝人對這兩大經典非常重視。

　　有多重視呢？不光要守護經典，還要延續經典。

　　我們先說**《詩經》**的延續。

　　漢朝設立了一個機構：**樂府**。樂府除了自己寫歌，也會派采詩官去民間收集民歌，進行再加工。

　　這些由樂府創作出來的詩歌，就叫作**樂府詩**。

再說《楚辭》的延續。

漢王室來自楚地，特別喜歡楚文化。於是文人們也緊跟領導，模仿屈原的風格寫文章。

這類文章經過不斷演變，就成為漢朝另一種主流文體：**賦**。

漢樂府詩和**漢賦**，都是漢朝文學的重要組成部分。

雖然兩種文體都有市場，但詩一直
都是人們表達情感的首選，而且賦到後
期有點跑偏，慢慢被詩比下去了。

三、魏晉南北朝的2：兩個極端

接下來的幾百年，劇情挺豐富。

先是東漢末年分三國，然後西晉統一天下，但剛和平幾十年
又崩盤，南北爭鬥不消停。

總之這段時間就一個字：

亂！

國家一亂，人就容易走極端。文人們也是這樣。

　　有的人覺得自己是天選之子，應該拯救國家，於是把這些想法寫成了詩。

國家需要我，
我要上前線！

　　　　　　大概就是從這時起，詩開始漸漸脫離音樂。文人們寫詩，更多是為了表達自己的意志。

這些人大多生活在東漢建安年間，作品基本上都在表達想要建功立業的心情。

我們便把這一時期的文學叫作：

建安文學

你們不厚道，
我們是七子，
不是七胞胎！

三曹
曹操、曹丕、曹植

建安七子

大家常聽到的**三曹**和**建安七子**，就是建安文學的代表人物。

有的人想要建功立業，有的人卻正好相反——他們因為對官場不滿，果斷撂挑子回家，每天要麼遊山玩水，要麼耕地種田。

　　因此，他們的詩一般都寫山水風光或田園生活。我們便把這些詩合稱**山水田園詩**。

陶淵明　　　　謝靈運

　　東晉的**陶淵明**和**謝靈運**，分別是田園詩和山水詩的開山鼻祖。

現在，詩基本上已經結束了它的青春期，亂世過後，詩歌的盛世開始了。

四、唐宋的兩個王：唐詩、宋詞

1. 唐詩

唐詩大家都知道，那為什麼詩在唐朝這麼夯？科舉制就是原因之一。

隋唐時期，科舉制誕生，到了唐朝，寫詩就被列入了**科舉考試**項目。

從此，文人們為了能考上科舉做官，開始大量寫詩。於是乎，詩的發展在唐朝走上了巔峰。

　　不過，唐詩之所以穩占「巔峰」，可不單純是因為數量多。

　　唐朝以前的詩，基本上沒太多條條框框，而到了唐朝，寫詩逐漸有了很多規矩：

平仄	押韻	對仗
上下兩句聲調要對應，一、二聲是平聲，三、四聲是仄聲。	某些句的最後一個字，韻母要相同或相似。	上下兩句句式相同，每個詞的意思能對上。

　　這三個要求，就是唐詩的最大特點：**格律**。

唐詩要求多，難度大，所以但凡能在唐朝詩壇站得住腳的，都是高手。詩人們各顯神通，後人將他們分成了很多流派：

　　有些人喜歡寫山水田園，就叫**山水田園詩派**；

　　有些人喜歡寫邊關景象，就叫**邊塞詩派**；

　　有些人喜歡寫時政，因為這類詩領頭的是元稹、白居易，就叫**元白詩派**；

　　有些人喜歡怪奇風格，因為這類詩領頭的是韓愈、孟郊，就叫**韓孟詩派**。

此外，還有兩個「天王巨星」，浪漫主義的**李白**和現實主義的**杜甫**：

詩壇很熱鬧，音樂圈也沒閒著。當時，西域音樂傳入中原，與漢族音樂融合之後，搞出一個新東西：

有了曲就得配歌詞，可是人們發現——

中原音樂旋律簡單，用每句五或七個字的唐詩填詞很完美；

而燕樂旋律變化太複雜，唐詩就搭不上了。

於是人們開始根據燕樂的旋律重新寫歌詞。這些歌詞有長有短，和唐詩完全不一樣。

它們就是宋詞的前身——**曲子詞**。

2. 宋詞

曲子詞發展成宋詞，大概是這樣一個過程：

剛開始，曲子詞主要流行於民間娛樂場所。失意的文人跑到那裡喝酒，順便填個詞。這一情況在晚唐特別普遍。

到了北宋，經濟繁榮，宵禁取消，泡夜店的文化人越來越多，曲子詞也跟著火了起來。

再後來，文人們開始給曲子詞規範格式，甚至讓它脫離了音樂。

曲子詞終於變成了**宋詞**，走上了宋代文學的巔峰。

不同文人筆下的宋詞，也有不同的風格。後人根據這些風格，把詞人分成了兩大派：

有些人的詞抒情婉轉，他們是**婉約派**；

有些人的詞大氣磅礴，他們是**豪放派**。

唐詩和宋詞，是中國文學史上的兩座高峰，而按照規律，高峰過後，就是低谷。

五、明清的2：兩個……朝代

什麼鬼！

　　別誤會，我沒有偷懶，但詩歌發展到這兩個朝代，確實沒什麼亮點了。

　　因為宋朝之後的**元朝**，科舉停了幾十年。不能靠會寫詩當官，詩的熱度也就下來了。再加上當時的老百姓很喜歡看戲聽評書，文人們為了謀生，便開始寫這種接地氣的東西。

甲方爸爸催稿，今晚又要通宵了。

到了明清兩代，戲曲小說越來越受歡迎，詩詞越來越受冷落。

戲曲小說屬於通俗文學，在當時很有群眾基礎，成為主流；而詩詞屬於高雅文學，漸漸淡出了大眾視線。

在清末動盪時期，儘管詩歌已經不比當年，還是湧現出了一些著名詩人。

比如**龔自珍**、**譚嗣同**等人，他們就經常用詩來揭露現實，表達自己的觀點。

龔自珍　　　譚嗣同

我們看到，無論輝煌還是沒落，詩歌都有它的用武之地。這也是它能流傳幾千年的一個很重要的原因：

詩，能言志！

　　在古人眼裡，詩是表達情感的工具，所以他們遇到什麼事都可以寫首詩。升職了寫，降職了寫，發獎金了寫，吐槽老闆也要寫。

　　學習古詩詞，可以幫助我們了解歷史，也可以讓我們走進古人的內心深處，感受他們的所見所想。

　　這也是我們寫這本書的初衷。

　　好了，古詩詞的歷史我們簡單介紹完了，之後我們將從頭開始，詳細講講每個時代的詩詞文學。下一章，就讓我們回到先秦，聊聊中國第一部詩歌總集。

二、《詩經》——
下載量第一的音樂 App

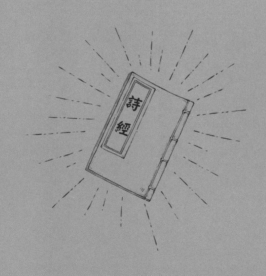

　　提到詩，大家可能既熟悉又陌生。很多人小時候還不認識字就會背詩了，現在字是會寫了，詩卻忘光了。

瞎說什麼大實話！

　　其實，詩沒我們想像的那麼高端，它最開始就是**勞動號子**，是幹活的時候用來帶節奏的。

我說 rap，你說 yo！

後來大家文化水準提高了，這些號子就變豐富了，開始有了旋律和意義，就變成了**歌**。

這些歌先是口耳相傳，直到後來有了文字，才被記錄下來，變成我們現在看到的**詩**。

所以在很長一段時間裡，詩和歌就是一回事。詩都是能配上音樂唱出來的。

那麼，早期的詩歌都是講什麼的呢？要回答這個問題，我們就得聊聊這本書了：

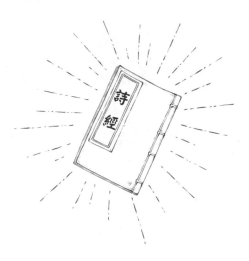

　　《詩經》是中國最早的詩歌總集，它在當時的地位，用今天的話說就是：

下載量第一的音樂App！

《詩經》的研發，跟App是一個套路，它從誕生到成熟，先後經歷了三個版本：

內測版　　　公測版　　　套餐版

下面我們就來聊一聊，這款古代App的「開發故事」。

一、1.0內測版

話說周王朝建立後不斷擴張，地盤越打越大。地方大了，管起來就累。

於是周天子把地盤分給了貴族、功臣，讓他們打理。這些人被稱為**諸侯**，他們分到的地盤就叫**諸侯國**。

但分出去的地盤，並不是潑出去的水，還是得想一些辦法來統一管理。

　　當時的老百姓喜歡用唱歌來記錄自己的生活，於是周天子有了一個好主意：

　　把民間的歌收集上來，聽聽歌詞寫什麼，就知道大家過得好不好了。

　　周天子會派出一些人，他們深入基層、走街串巷，給周天子帶回各地的流行金曲。

　　這些人就是**采詩官**，他們的工作就叫**采詩**。

有了這些詩，各地風氣就能一手掌握，周天子也就能了解最真實的民情。

　　除了采詩，官員們也會給周天子提一些管理國家的建議，但他們不直說，還是透過詩來表達。

　　這個工作，就叫**獻詩**。

采來和獻來的詩，最終都會交給**太師**，也就是宮裡專門管音樂的官。由他們對詩進行加工，做成官方音樂。

這項工作一直持續著。到了春秋時期，人們把這500多年的官方音樂重新進行整理，做成了書。

這就是《詩經》的1.0版：《詩》。

這時候的《詩》屬於內測版，裡面的歌只允許在貴族和官員的圈子裡推廣，一般人不是想聽就能聽的。

它們甚至還成了第一外交黑話。諸侯國都有自己的樂隊，官員們互相串門，都有個詩的點唱環節。

　　他們點唱的詩除了能娛樂，還能用來表達一些不想直說的話。所以如果雙方文化水準都在線上，很容易就能明白對方的意思。

　　後來，周天子在諸侯中逐漸沒了威信。人人都想取代他當大佬，於是大家開始互相吵架。

而《詩》又不教怎麼打架能贏，自然也就沒熱度了。

春秋戰國最熱APP

霸	1. 稱霸指南 一統天下指日可待	$30
兵	2. 兵法一覽 屢戰屢勝的秘密	$10
嘴遁	3. 遊說的藝術 不費一兵一卒	$163

· · · · · · · · · · ·

詩	250. 詩 愛聽不聽，愛看不看	免費

還想看點什麼
投訴垃圾軟體戳這裡

今天　　玩物喪志　　App　　找找

終於，有人看不下去了。

二、2.0公測版

在這個兵荒馬亂的緊張時刻，教育界大咖**孔子**上線了。孔子當然不是來爭大佬的，他是來救世的。

怎麼個救法呢？孔子嘗試過很多辦法，但都失敗了。最後他決定，回老家教書，拯救大家的靈魂。

教書要有教材，孔子覺得《詩》這本書就很不錯，它符合自己的儒家思想，還自帶配樂，特別適合拿來全文背誦。

於是孔子對《詩》進行了重新整理，修復bug，推出了老百姓也能用的公測版。

這時的《詩》一共收錄了305首詩，因此人們也叫它《詩三百》。

據《史記》記載，先秦的詩原本有3,000多首，孔子刪到了300多首。但這個說法至今還有爭議。主流觀點認為，孔子只是做過一些整理修訂，並沒有大量刪詩。

孔子在努力地教書育人，諸侯那邊也沒閒著。終於在幾百年後，由秦國統一了天下。

　　然而很不幸，秦始皇這人不喜歡儒家思想，甚至下令燒毀跟儒家有關的書。

　　結果就是，作為儒家經典教材之一的《詩》，被強制下架了。

三、3.0經典套餐版

好在對於那時的儒生來說，背詩就是家常便飯。

為了保存這本儒家經典教材，朝廷一邊燒，儒生一邊偷偷在默寫。

因此，《詩》雖然慘遭下架，但並沒有遭受重大損失。等到秦朝完了，**漢朝**建立，《詩》又重新上架了。

漢朝跟秦朝不一樣，很注重文化建設。漢武帝時期，儒家思想被定為官方正統。

於是，孔子當年用過的教材，都被人給拾掇出來，還給一鍵升級成了官方典藏套餐：

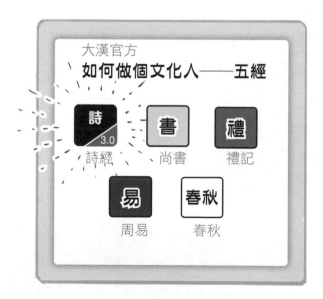

這五本書，就是大名鼎鼎的**五經**！

也是從這時起，詩作為五經之一，被正式命名為**《詩經》**。
我們今天看到的《詩經》，和漢朝的基本上一樣。

搭配詩經的音樂已經失傳了，我們
現在看到的算是一個歌詞本。

不能聽還有什麼
意思？

歌詞也是一種
美。

好了，關於《詩經》的故事我們講完了，接下來我們就走進
《詩經》，看看它到底有什麼內容。

一、詩的分類

不得不說，我們的前輩很有網路思維，他們在2000多年前就引入了**歌單**的概念。

《詩經》這款App，共有三種歌單：

1. 風

風是朝廷從民間採集的民歌，這些民歌來自十五個地方，所以又分成**十五國風**。

我們熟悉的「關關雎鳩，在河之洲」、「蒹葭蒼蒼，白露為霜」，這樣的詩句，都來自風這個歌單。

風詩的內容來源於生活，無論是祭祀、打架，還是種田、找對象，都能寫進裡面。所以風詩也最能引發我們的共鳴。

比如〈式微〉就為我們展現了先秦打工人的生活：

式微式微，胡不歸？

微君之躬，胡為乎泥中？

翻譯過來就是：

風詩的數量占《詩經》的一半多，是《詩經》最精華的部分。

---

* 編注：996意指早上九點上班，晚上九點下班，每週工作六天。

2. 雅

雅是正統宮廷音樂，高級典雅，一般用來配合宴飲外交這種大場面。

雅又分為**大雅**和**小雅**。小雅用在貴族官員的宴會上；大雅用在天子接見群臣這種高級場合。

比如，小雅中的〈鹿鳴〉就描繪了貴族開派對的場景。

呦呦鹿鳴，食野之苹。

我有嘉賓，鼓瑟吹笙。

所以在周朝，宴會是很講究的，不同等級的人，唱歌跳舞的排場也不一樣。

孔子有句名言：**是可忍也，孰不可忍也**。就是說他不能接受小官員開派對竟然用天子規格的舞樂。

3. 頌

頌是莊嚴肅穆的祭祀詩歌，演奏時一般還會搭配舞蹈。

比如周頌裡的〈維天之命〉，就誇讚了周文王的高尚美德。

維天之命，於穆不已。

於乎不顯，文王之德之純。

頌詩有周頌、魯頌、商頌三個部
分，記載了周朝、魯國、商朝的發家
史，順便表達一下對祖先大神的膜拜。

二、詩的手法

詩是用來表達感情的。感情只要是個人就有，但要用文字表達出來，就需要技術了。

《詩經》裡的作品主要用了這三種技術：

賦：就是平鋪直敘，一般用來講故事。

比：就是把一個事物寫成另一個事物，可以讓描寫更生動。

興：就是觸景生情，一些景物會讓作者有想法，再透過詩表達出來。

這就是《詩經》厲害的地方，它在2000多年前，就用作品告訴後人如何寫人、寫事、寫景、寫情。

風、雅、頌、賦、比、興，是《詩經》的主要特色，被後人統稱為六義。

《詩經》裡的詩，大多是老百姓有感而發，感情真實不造作。

表達方式也很克制，並不會放飛自我。

〈蒹葭〉裡的女孩可望而不可即，但追求者也只是堅持苦苦追尋，沒有哭天搶地這種過激行為。

蒹葭

蒹葭蒼蒼[1]，白露為霜。所謂伊人[2]，在水一方。

溯洄從之[3]，道阻且長。溯游[4]從之，宛[5]在水中央。

蒹葭萋萋[6]，白露未晞[7]。所謂伊人，在水之湄[8]。

溯洄從之，道阻且躋[9]。溯游從之，宛在水中坻[10]。

蒹葭采采[11]，白露未已。所謂伊人，在水之涘[12]。

溯洄從之，道阻且右[13]。溯游從之，宛在水中沚[14]。

【注釋】

[1]蒹葭（ㄐㄧㄢ ㄐㄧㄚ）：蘆葦。蒼蒼：茂盛的樣子。

[2] 所謂伊人：伊人，那個人，指經常說到的那個人。

[3] 溯洄：逆流而上。從之：追尋。

[4] 溯游：順流而下。

[5] 宛：仿佛。

[6] 萋萋：茂盛的樣子。

[7] 晞（ㄒㄧ）：乾。

[8] 湄：岸邊。

[9] 躋（ㄐㄧ）：登上。

[10]坻（ㄔˊ）：水中小洲。

[11]采采：茂盛的樣子。

[12]涘（ㄙˋ）：水邊。

【注釋】

[13] 右：迂迴曲折。

[14] 沚（ㄓˇ）：水中的小塊沙地。

【翻譯】

> 岸邊的蘆葦鬱鬱蒼蒼，秋晨的露水變成清霜。
> 我念念不忘的心上人啊，就在河水對岸的一方。
> 我逆流而上去追尋啊，道路險阻且悠遠漫長。
> 我順流而下去追尋啊，她又仿佛在河水中央。
> 岸邊的蘆葦鬱鬱蒼蒼，秋晨的露水映著陽光。
> 我念念不忘的心上人啊，就在河水對岸的邊上。
> 我逆流而上去追尋啊，道路險阻且難以登上。
> 我順流而下去追尋啊，她又好像在沙洲徜徉。
> 岸邊的蘆葦鬱鬱蒼蒼，秋晨的露水還在滴淌。
> 我念念不忘的心上人啊，就在水中的沙丘之上。
> 我逆流而上去追尋啊，道路險阻且曲折幽長。
> 我順流而下去追尋啊，她又宛然在水中島上。

總之，《詩經》的內容貼近生活，風格也很樸實，沒什麼花裡胡哨的東西。

　　同時，《詩經》也是中國第一部**現實主義**詩歌集。

　　　　　　　　這些特點也是儒家推崇的品質，所以才被孔子納入必修課。

　　《詩經》誕生在周朝，當時全國政治中心在北方。因此《詩經》也代表了當時北方的文學水準。

　　那麼，南方是什麼情況呢？

　　根據國際慣例，南方和北方，在很多方面都有區別：

　　所以下一章，我們就把目光聚集到南邊，看看同一時期，南方的詩是什麼樣子的。

　　對了，這事跟粽子也有點關係。

三、屈原與《楚辭》——知名品牌總有一個有故事的創始人

上一章我們講到粽子……

是《詩經》啦！

開個玩笑。

《詩經》是先秦時期的第一流量，但不是唯一的流量。當時的先秦詩壇還有另一個不小的流量──**《楚辭》**。

《楚辭》跟《詩經》的故事不太一樣。如果說《詩經》是一個音樂App，那麼《楚辭》就是一個**知名品牌**！

下面我們就看看，《楚辭》這個品牌是怎麼被一步步打造出來的。

一、要有一個有故事的創始人

《楚辭》品牌的創始人,大家都很熟悉,畢竟他為我們帶來了幾天小長假:

屈原

屈原生活在戰國末期的**楚國**。那個時候的周天子已經是吉祥物一般的存在,而地方上有七個實力超強的諸侯國,江湖人稱:

戰國七雄

　　當時秦國的火力最猛。很多人覺得，論實力，也就**楚國**能跟秦國正面對戰。

　　有個成語叫**勢不兩立**，說的就是當時的秦楚形勢。

　　屈原當時還是楚國高官，為了讓楚國變強，他發起了一場**改革**。

這場改革是為了讓老百姓能過上好日子，但偏偏有一群人跳了出來。

他們就是楚國的貴族。

屈原的一攬子計畫妨礙了貴族們的快樂生活，於是貴族們就拉起了那麼一撮人，整天打屈原的小報告，不讓他快樂工作。

楚國當時的一把手是**楚懷王**，出了名容易被忽悠，頭腦一熱就把屈原降了職，改革也停了。

楚懷王不但耳朵根子軟，腦子也不夠用，讓楚國在外交上吃了秦國很多虧。

屈原對楚懷王傻白甜的做法很不滿，吐槽了幾句，結果又被打了小報告。

這次楚懷王真的生氣了，直接把屈原流放了。

屈原一走，楚懷王徹底放飛，最後被騙到了秦國，一直關到死才被運回來。

而繼位的**楚頃襄王**，繼承了老爹的蠢萌，不但被奸臣牽著鼻子走，把楚國搞得烏煙瘴氣，還順手把屈原趕到了更遠的地方。

　　後來，秦國趁著楚國內部一團糨糊，攻下了楚國都城，楚頃襄王毫無反擊之力，直接跑路。

　　聽到這個消息，屈原的心完全崩了。心灰意冷的他，投江自殺。

所以你會發現，屈原的一生是憋屈的一生──降職、流放、國難，一個沒少，挨個兒體會了一遍。

　　這種憋屈，換作別人可能只會口吐芬芳，但屈原不一樣，他把一肚子的話都寫進了詩裡。

　　比如，他在詩裡寫了自己的政治理想：

> 舉賢才而授能兮，循繩墨而不頗。
>
> ──出自《楚辭‧離騷》

　　這是他理想中的政治環境，翻譯過來就是：國君道德高尚，法律公平公正，大臣聰明能幹，杜絕官場拼爹*。

───────────

＊　編注：拼爹意指依靠家庭背景勢力取得優勢。

聽說楚懷王死在秦國，他很傷心，特地寫了首詩為楚懷王招魂：

　　　　魂兮歸來！反故居些。

　　　　　　　　　　──出自《楚辭·招魂》

關於〈招魂〉的作者，比較主流的說法有兩種：一種說法認為是屈原寫的，為楚懷王招魂；另一種說法認為是宋玉寫的，為屈原招魂。

在被流放的時候，屈原就更要寫詩了，吐槽楚王為何看不到自己的一片忠心；

忠何罪以遇罰兮，亦非餘心之所志。

——出自《楚辭·九章·惜誦》

人一迷茫就喜歡找老天爺求助。

在〈天問〉這首詩裡，屈原問了 172 個問題，從宇宙的奧秘到人事無常；

天命反側，何罰何佑？

——出自《楚辭·天問》

　　想來想去，覺得沒人能理解自己，因為大家都忙著撈好處，只有自己才是真正愛國的。

　　　　舉世皆濁我獨清，眾人皆醉我獨醒。

　　　　　　　　　　　　──出自《楚辭·漁父》

　　然後你會發現，這些詩跟《詩經》完全不一樣。

　　畢竟詩在當時，已經不是什麼新鮮玩意兒了。一個新品牌，當然得有特色才能搶占市場，那屈原是怎麼做的呢？

二、本土元素結合外來元素

1. 本土元素

《楚辭》，一聽這名字就帶著楚國味。

什麼是楚國味呢？

楚國有個很大的特點：迷信！什麼神都能拜。

搞迷信活動的，**想像力**都特別豐富，這就給屈原寫詩提供了好多素材。

我們以作品〈離騷〉為例，在這首詩裡，我們能感受到屈原的腦內小劇場：

珍奇異草

扈**江離**與辟**芷**兮，紉**秋蘭**以為佩。

珍禽異獸

為余駕**飛龍**兮，雜**瑤象**以為車。

巫醫神鬼

百神翳其備降兮，九疑繽其並迎。

另外，楚國民歌的句子有長有短，還喜歡用「兮」字當語氣詞，屈原也把這些特點加在了詩裡。

所以光看外表，屈原的詩就跟《詩經》有很大區別：

《詩經》裡的詩都是四個字一句。

> 關關雎鳩，在河之洲。
> 窈窕淑女，君子好逑。

《楚辭》的句子就長多了，「**兮**」字的出鏡率也特別高。

> 路漫漫其修遠兮，吾將上下而求索。

「兮」字在《詩經》裡也出現過，
不過用得少，一般只用在句子最後。
《楚辭》裡的「兮」就活躍多了，有時
在句末，有時在句中。

　　雖然《楚辭》看起來跟《詩經》的關係不大，但《楚辭》還
是從《詩經》裡借鑑了很多好東西。畢竟人家是頂級流量嘛！

2. 外來元素

屈原從《詩經》裡學來了什麼呢？

我們拿他的代表作〈離騷〉中的兩句詩來舉個例子：

> 朝飲木蘭之墜露兮，
>
> 夕餐秋菊之落英。

這裡的木蘭、秋菊，都是帶香味的植物，統稱為**香草**。屈原覺得它們不被外界污染，是品德高尚的象徵。而吃香草，就是想説自己的**品德也很高尚**。

吾令豐隆乘雲兮，

求宓妃之所在。

> 前面的能不能快點！

這裡的宓妃是個美女。屈原表面上是在尋找美女，其實是用**美人代表賢明的君主**，以此表達自己苦苦尋找賢主的心情。

是不是似曾相識？

這種手法，就是《詩經》裡的**比興**。

比興在屈原筆下，已經開始有了**象徵性質**。這裡的**香草美人**，就是象徵忠君愛國，後世也一直這樣用。

有了這些特色，屈原的詩在當時逐漸變成了爆款。距離《楚辭》這個品牌的建立，就差一步了。

三、還要有一批追隨者

屈原之所以偉大，不光是因為他愛國，還因為他有一批優質的粉絲。

有多優質呢？他們都在模仿屈原的風格寫詩，而且這些人能從戰國一直排到東漢。

在漢朝，有人把屈原的詩和他粉絲的詩都收集起來，編成了一本詩集：

《**楚辭**》這個品牌，終於誕生了！

四、《詩經》和《楚辭》

　　《詩經》是集體創作的，大家一傳十、十傳百，至於最開始是誰寫的……

　　而《楚辭》的文體是由**屈原**開創的，又是經過多年沉澱的新型寫詩風格，它的出現結束了《詩經》獨霸詩歌江湖的局面。

人們還給這兩大經典搞了一個組合：

風騷

風，是《詩經》的精華部分〈國風〉；　　　騷，是《楚辭》的代表〈離騷〉。

「風騷」這個詞後來還被用來代指詩歌，詩人有時也被叫作騷人。

《詩經》的內容更貼近生活，而且句子簡短，有一說一，是**現實主義**文學的鼻祖。

《楚辭》就不太接地氣了，文風也比較華麗，是**浪漫主義**文學的開端。

《楚辭》的內容從戰國到漢朝都很受歡迎，皇帝甚至還特地請懂得楚地方言的人，到宮裡朗誦《楚辭》。

在國家的扶持下，《楚辭》不斷被研發，最後還出現了一個衍生品牌：**漢賦**。

四、漢賦的發展史——
其實是一本職場生存寶典！

中國歷史上，凡是有點名氣的朝代，都有自己的代表文學。

比如唐朝有唐詩、宋朝有宋詞，那麼請問，**漢朝文學**的代表是什麼？

是不是大腦一片空白？其實，人家大漢王朝，也有自己的標誌性文體：

漢賦

那麼，賦跟詩有何關係呢？

之前我們講過，詩是能唱出來的。而屈原寫的詩，只能朗誦，不能唱。

漢朝人就給這種不搭配音樂朗誦的詩起了新名字：**賦**。

賦在漢朝，進化出各種各樣的造型，有的繼承了《詩經》、《楚辭》的特色，有的過於放飛，幾乎看不出詩的影子。

總之，賦在漢朝已經成為文壇主流。

漢賦可以說是大漢國力的風向標，不同時期，有不同風格的漢賦：

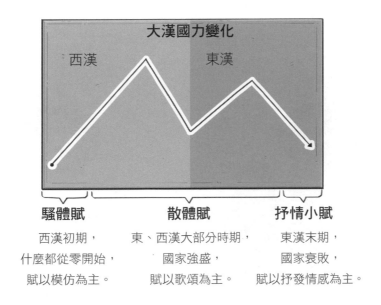

還是很難理解對不對？

這麼說吧，如果我們把整個漢朝看成是**職場**，那麼漢賦就是一部——

這部寶典講的是什麼呢？我們一起來看一下。

大漢職場生存法則一：
時刻與領導保持一致

漢朝第一任老大劉邦來自楚地，特別喜歡楚文化，所以為了跟上領導的腳步，漢初的文人都在追捧楚文化。

而主要的追捧對象，就是楚文化之光：屈原的〈**離騷**〉。

最先追出名堂的人叫**賈誼**。他因為搞改革得罪了人，被皇帝
丟到了長沙。

　　到長沙後，賈誼發現：這不巧了嗎？屈原就是在這裡跳江的
啊！

於是賈誼一下子就覺得和屈大神有了共鳴，他把這種共鳴寫成了文章：

大家發現，它的格式跟〈離騷〉很像，這樣寫，正對領導胃口啊！

　　於是，當時的文壇出現了一股〈離騷〉熱，文人們開始模仿〈離騷〉的格式寫文章。這類文章，就是〈離騷〉的高仿版：

騷體賦

　　最初的騷體賦不但套用離騷格式，內容也跟〈離騷〉很像，寫的基本上都是懷才不遇的主題。

　　然而，當時的文人都是「大豬蹄子」（編注：意指沒一個好東西），騷體賦紅了一陣子後，人們很快就審美疲勞了。隨著大漢王朝日漸強盛，一種全新風格的賦出現了。

大漢職場生存法則二：
領導的業績使勁地誇，領導的錯誤委婉提

文景之治時期富得流油。有多富呢？國庫裡穿錢的繩子都能放爛。

日子好了，大家的口味就變了，喜歡看一些跟吃喝玩樂有關的內容，總是表達憂傷的騷體賦越來越沒市場。

這時，有個叫**枚乘**的人寫了篇**〈七發〉**，裡面寫到了彈琴、觀潮、打獵這些風雅的活動。〈七發〉幾乎是在發布的瞬間就成為爆款。

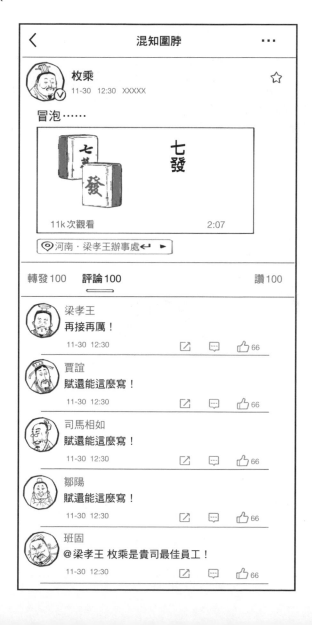

大家發現，這篇文章雖然也是賦，但跟之前的騷體賦的格式完全不同。

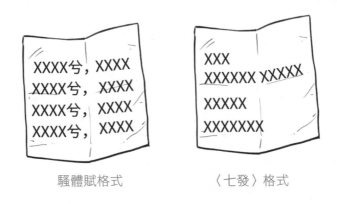

騷體賦格式　　　　　　　〈七發〉格式

　　這種賦的形式結構比較鬆散，所以有個新的名字：

散體賦

　　散體賦的寫法比較自由，篇幅又長，很多人便用它來歌頌大漢王朝的繁榮盛世。

　　當然，這種事離不開領導的支持。有個叫**梁孝王**的諸侯，就特別喜歡賦。

　　他專門建了個梁園，給讀書人聚會，枚乘就是在這裡寫出爆文〈七發〉的。

糾正一下，我這不是梁園。

我這是自媒體公司。

但也有人不喜歡這玩意兒，比如梁孝王的哥哥漢景帝。他手下有個會寫賦的，發現自己沒什麼發展前景，就跳槽去了梁園。

這個跳槽的人，名叫**司馬相如**。他在梁園寫了一篇爆文：〈**子虛賦**〉。

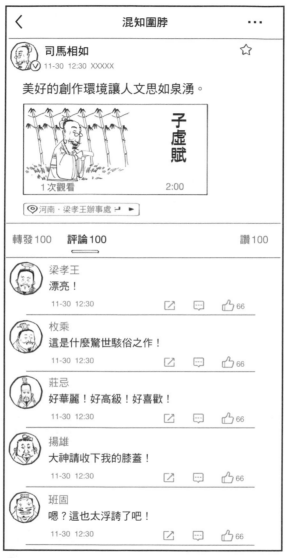

聽過**子虛烏有**這個成語吧？就出自這裡。這篇賦寫的就是子虛和烏有互相顯擺自己的國家有多厲害的故事。

幾年後，漢武帝上臺了。你可不要以為這皇帝只會打打殺殺，人家可是史上熱愛文學出了名的皇帝。

漢武帝很喜歡〈子虛賦〉，他一開始以為是古人的作品，後來才知道是司馬相如寫的。

漢武帝把司馬相如召回中央，讓他繼續寫賦。

漢武帝是漢朝業績最突出的皇帝，所以文人寫了很多讚揚領導的賦，吹什麼的都有。

司馬相如就特別為漢武帝用來打獵的上林苑，寫過一篇〈**上林賦**〉。

這篇文章堪稱大漢第一讚美詩，文中描述的上林苑，比真的上林苑還好看。

不過漢武帝有個毛病：容易飄，吹捧太過容易送他上天。

所以大家寫的散體賦也不是只有花式誇獎，經常要加一些勸誡的內容。

比如，在〈上林賦〉的最後，司馬相如就勸皇帝：不要那麼會花錢，要節儉。

這種前面一頓誇，最後打一巴掌的寫法，叫作**曲終奏雅**，是散體賦的重要特徵。

漢武帝還有一陣子迷上了求仙問道。司馬相如就寫了〈**大人賦**〉，勸漢武帝別迷信。

結果他把神仙世界寫得太有畫面感，漢武帝聽完更想上天了。

混知圍脖

司馬相如
11-30 12:30XXXXX

人間寫膩了，寫寫修仙。

大人賦

轉發100　　**評論100**　　　　　　　讚100

漢武帝
啦啦啦！我是仙兒！
11-30 12:30 　　　　　　　66

司馬相如：回覆@漢武帝：皇上，其實臣想說
封建迷信要不得。
漢武帝：回覆@司馬相如：呸呸呸！不看不聽
不知道，不看不聽不知道！

司馬遷
呵呵
11-30 12:30 　　　　　　　66

司馬相如：回覆@司馬遷：咳咳！低調點你！

揚雄
偶像，你這篇好像起了反作用……
11-30 12:30 　　　　　　　66

司馬相如：回覆@揚雄：要不你再試試？

為何這種方式不起作用呢？你想想，當你遊戲正玩得起勁時，突然彈出這麼一個畫面，你會怎麼選？

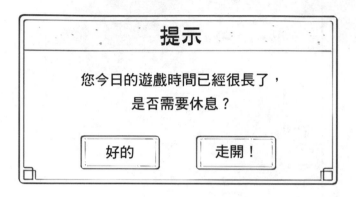

提示

您今日的遊戲時間已經很長了，
是否需要休息？

好的　　　　走開！

不管怎麼說，司馬相如在漢朝文壇確實是偶像級別的存在，文人們寫賦，都要參考他的文章。

比如在西漢末年，一個叫**揚雄**的死忠粉就寫了一篇〈甘泉賦〉，完全模仿〈子虛賦〉、〈上林賦〉。〈甘泉賦〉先是狠誇了漢成帝打獵的盛況，再弱弱地勸皇帝不要沉迷娛樂。

結果可想而知，起了反作用。

漢成帝沒什麼業績，也不聽勸，他在位時還有人造反，國家被搞得一塌糊塗。

而揚雄更慘，連著死了兩個兒子，成了貧困線下的孤寡老人。

在遭遇事業和生活的雙重毒打後，人過中年的揚雄徹底佛系了，作品也轉變了畫風。

比如這篇《**逐貧賦**》就很樸素，只有短短五六百字，還用了《詩經》的句子。

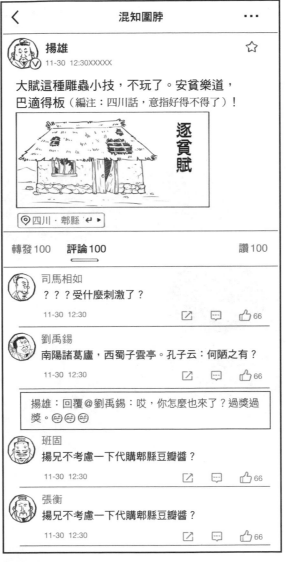

揚雄字子雲，是四川郫縣人。劉禹錫〈**陋室銘**〉裡說的西蜀子雲亭，指的就是揚雄故居。

不過揚雄這種風格畢竟還是非主流。從西漢開始，寫散體賦誇領導一直都是文人的自我修養。

而到了東漢，文人還把散體賦寫出了新高度。

那時候東漢剛建立，首都定在了洛陽，但有一群人一直吵著要回長安。

到底誰更有道理呢？大家透過寫賦展開了激烈的辯論。

一個叫班固的，整出了一篇現象級大作：**〈兩都賦〉**。

混知圍脖

班固 ☆
11-30 12:30XXXXX

定都洛陽沒毛病！皇上英明！詳情請見下文：

兩都賦

📍 洛陽

轉發 100　　**評論 100**　　　　　　　讚 100

揚雄
又用賦拍馬屁。
11-30 12:30　　　　　　　　　　👍66

班固：回覆@楊雄：什麼拍馬屁，我這叫追熱點！

杜篤
我還是覺得長安好！
11-30 12:30　　　　　　　　　　👍66

司馬相如
寫來寫去還是我那一套。
11-30 12:30　　　　　　　　　　👍66

班固：回覆@司馬相如：哪有你那麼浮誇！我寫的都是事實。

這篇賦表面上是寫長安和洛陽的繁華景象，實際上說的是長安太奢侈，而洛陽在皇帝的管理下，遍地是學校，人人知書達理。

　　發現沒？這不還是變著法在誇領導嘛！

　　只不過班固誇的是禮儀制度這樣的國家大事，內容也比較實誠，不浮誇。

　　為何說〈兩都賦〉是現象級大作呢？因為在它之後，很多人都開始以都城為題材來寫賦。

　　西晉的左思就寫過一篇〈三都賦〉，剛發布就被瘋狂傳抄，甚至抬高了紙價。這就是洛陽紙貴的故事。

　　東漢著名科學家**張衡**就寫過一篇**〈二京賦〉**，說的還是長安、洛陽那點事兒。

混知圍脖

張衡
11-30 12:30XXXXX

實驗做累了，寫點東西休息一下。

二京賦

◎ 洛陽

轉發 100　　**評論 100**　　　　　　　　　讚 100

吃瓜群眾 1 號
你還會寫賦！
11-30 12:30　　　　　　　　　　　66

吃瓜群眾 2 號
你還會寫賦！
11-30 12:30　　　　　　　　　　　66

吃瓜群眾 3 號
你還會寫賦！
11-30 12:30　　　　　　　　　　　66

張衡
統一回覆：不會寫賦的史官不是好科學家，
謝謝！
11-30 12:30　　　　　　　　　　　66

　　張衡就是那個據說改進了渾天儀、發明了地動儀的科學家。他創作的態度和科學研究一樣嚴謹。這篇〈二京賦〉他寫了十年。

大漢職場生存法則三：
遭遇職場亂象怎麼辦？吐槽也請保持優雅！

東漢中後期世風日下，張衡寫〈二京賦〉是想勸皇帝不要再沉迷享樂，不然大漢就要亡了。

後來，宦官和外戚都出來搞事情，連皇帝也變成了吉祥物，
國家越來越糟糕，文人們的職場生存環境越來越惡劣。

國家這麼亂，已經不好意思再吹了，於是他們文風一轉，開
始吐槽官場。

不過人家那都是帶感情的吐槽，還整理出了一種字數少而精
的新品種：

抒情小賦

抒情小賦的代表，就是張衡的〈**歸田賦**〉。這篇小賦寫的是他的離職原因，以及辭職後的隱居生活，風格清新自然。

東晉陶淵明寫〈**歸去來兮辭**〉，就是受到了〈歸田賦〉的啟發，寫的也是辭官回歸田園的生活感受。

抒情小賦是寫給自己或者朋友看的，所以講話的方式比較簡單，通俗易懂。

不過，我們看抒情小賦時已經看不出當年的大漢雄風了，更多的是一個王朝走到尾聲的悲傷。

沒錯，連我們皇帝都要學貓叫了。

漢代以後，賦就逐漸被詩搶了風頭。不過，歷朝歷代仍然有人寫賦，因為寫賦這事一直和做官有著剪不斷的關係，到了唐宋時期，它還成了科舉必考題。

所以說不管文人用它寫什麼，賦一路發展下來都是很貴氣的
樣子。

在漢朝文人忙著鼓搗賦的時候，詩歌在老百姓那裡也發展得
有聲有色。走，我接下來就帶你到漢朝的村裡逛逛。

五、兩漢樂府詩──來自民間的《大漢吐槽大全》

上一章我們聊到了漢賦。許多大賦不僅語言華麗，描寫的場面那叫一個：

紙醉金迷

在看完之後，肯定會衝動表示：

呵呵，想得挺美。

我們在賦裡看到的「高大上」，都是上層社會的生活，你還真以為漢朝人均小康啊？

想了解漢朝的貴族生活，可以看漢賦；想了解漢朝的百姓生活，當然也有東西可以看：

　　我們在第一章講過，民歌就是老百姓發的朋友圈，周天子想要了解百姓生活，還專門派人去民間收集民歌。

　　後來秦朝統一天下，建立了一個音樂機構：

樂府

　　不過很可惜，秦樂府還沒想明白怎麼玩，秦朝就沒了。

　　所以真正把樂府發揚光大的，是大漢的第七代老大──

漢武帝

是我是我還是我，看得你們都上火。

漢武帝時期的樂府，人挺多，事也挺多。他們日常做的事主要有這麼幾件：

訓練樂工

作曲填詞

配樂編舞

演唱表演

除了這些日常工作，還有一項非常重要的工作：

收集各地民歌，了解百姓生活。

今天你出個差，
記得打外勤卡。

秦朝和漢初的樂府，主要的工作只
是寫祭祀歌曲，漢武帝改建後，才真正
發揮了**體察民情**的作用。

正是因為國家級音樂機關的收集和整理，民間詩歌才得以保存流傳。

這些漢代樂府收集和整理的詩歌，就叫**兩漢樂府詩**。

漢之後的幾個朝代，這種由樂府出品並能配樂演唱的詩，開始被直接叫作「樂府」。至此，樂府就從**機構名**變成一種**音樂性的詩體名**。

　　那漢朝樂府詩，都寫了些什麼呢？如果我們把漢賦看成是一本《大漢繁華錄》，那來自民間的樂府詩，就是一本：

　　下面，我們就挑幾個代表，看看這本《大漢吐槽大全》都說了什麼。

1.〈十五從軍征〉：當兵太難了！

十五從軍征

十五從軍征，八十始得歸[1]。

道逢[2]鄉里人：「家中有阿[3]誰？」

「遙看[4]是君[5]家，松柏冢[6]纍纍[7]。」

兔從狗竇[8]入，雉[9]從梁上飛。

中庭[10]生旅穀[11]，井上生旅葵[12]。

舂穀[13]持作[14]飯，采葵持作羹[15]。

羹飯一時熟，不知飴[16]阿誰。

出門東向看，淚落沾我衣。

【注釋】

[1]始：才。歸：回家。

[2]道逢：歸途中相遇。

[3]阿：為詩句整齊而使用的語氣詞。

[4]遙看：遠遠望去。

[5]君：你的尊稱。

[6]冢（ㄓㄨㄥˇ）：墳墓。

[7]纍纍：形容家園已成墳地，墓冢重疊相連。

[8]狗竇（ㄉㄡˋ）：為狗出入留的牆洞。

[9]雉（ㄓˋ）：野雞。

[10]中庭：屋前的院子。

[11]旅穀：隨風飄來的種子所長成的野穀。

【注釋】

[12]旅葵（ㄎㄨㄟˊ）：隨風飄來的種子所長成的野葵。
葵是一種草本植物，嫩葉可食。此處非指向日葵。

[13]舂（ㄔㄨㄥ）穀：把稻穀在石臼中搗掉皮殼。

[14]持作：用來做。

[15]羹（ㄍㄥ）：湯。

[16]飴：同「貽」，贈送。

【翻譯】

少年十五歲就被徵兵去打仗，
八十歲才走在了回家的路上。
歸途中遇到了熟悉的鄉鄰，
問我家還有哪些親人在等我還鄉。
「遠遠望去那就是你的家吧？
已是松柏掩映著纍纍墳場。」
進門看見野兔躥出狗洞，
野雞也受驚飛上了屋梁。
院子裡長滿野生的穀子，
井臺被野葵菜重重遮擋。
揪幾把穀子搗掉穀殼做成飯，
採一些野葵的嫩葉來煮個湯。
湯和飯一會兒就做好了，可是請誰來跟我共用？
走出大門向東方遙望，老淚縱橫濕透了衣裳。

〈十五從軍征〉描寫了當時被戰爭毀掉的人。全詩沒有一句寫悲情，卻透過荒涼的景色和老翁的遭遇，讓人讀後悲從中來。同時也透過老翁的遭遇，揭露了戰爭的殘酷。

根據漢朝的規定，23歲才能當兵，56歲就該退伍。但漢朝打仗特別多，為了保證人數，年齡限制也放寬了。

比如詩裡的老人，15歲就當兵，80歲才退伍，價值被榨得差不多了才放回去，特別慘。

如果細心一點你會發現，這首詩每句都是五個字，這也是漢樂府詩的一個特點：**句型格式多樣化。**

參照《詩經》，以前的文壇主流每句都是四個字，叫作**四言詩。**

從漢樂府開始，出現了**五言詩。**

甚至還有句式長短不一的**雜言詩。**

從此，詩歌開始由四言詩向五言詩和雜言詩發展。

2.〈陌上桑〉：長得好看就該被騷擾嗎？

使君從南來，五馬立踟躕。

使君遣吏往，問是誰家姝？

「秦氏有好女，自名為羅敷。」

「羅敷年幾何？」

「二十尚不足，十五頗有餘。」

使君謝羅敷：「寧可共載不？」

羅敷前致辭：「使君一何愚！

使君自有婦，羅敷自有夫。」

——節選自漢樂府〈陌上桑〉

　　〈陌上桑〉描述了一個美麗善良的採桑女遭到調戲，卻不畏強權、勇於拒絕的故事。詩歌表達的情感愛恨分明，既嘲諷了使君這樣荒淫無度的人，又表達了對秦羅敷這類勞動女性的肯定和讚美。

在漢朝，豪門有權有勢，欺壓百姓是普遍現象，就連他們養的小弟，都可以借著主子的勢力欺男霸女。

_____

* 　編注：浩南是指電影《古惑仔》的主角陳浩南。

行者見羅敷，下擔捋髭鬚。

少年見羅敷，脫帽著帩頭。

耕者忘其犁，鋤者忘其鋤。

來歸相怨怒，但坐觀羅敷。

——節選自漢樂府〈陌上桑〉

羅敷到底有多美，作者沒有一個勁地誇，只是告訴大家：路人都看呆了。

這也是漢樂府詩的另外一個特點：**很會刻畫人物**。

直接對人物進行描寫，這叫**正面描寫**；

透過別人的反應來展現要描寫的人物，這叫**側面烘托**。

正、側面描寫同時運用，人物形象立刻就飽滿了。

3.〈孔雀東南飛〉：包辦婚姻害死人！

其日牛馬嘶，新婦入青廬。

奄奄黃昏後，寂寂人定初。

「我命絕今日，魂去屍長留！」

攬裙脫絲履，舉身赴清池。

府吏聞此事，心知長別離。

徘徊庭樹下，自掛東南枝。

——節選自漢樂府〈孔雀東南飛〉

〈孔雀東南飛〉講述了劉蘭芝和焦仲卿這對夫妻的愛情悲劇。蘭芝不被焦母喜歡，不得不回到娘家。家裡兄長逼她改嫁，太守家又逼迫她成婚。於是感情深厚的夫妻二人雙雙殉情，以此來反抗包辦婚姻。

透過這樣一齣愛情悲劇，〈孔雀東南飛〉歌頌了愛情，批判了封建禮教對當時人們的壓迫，尤其是女子。同時，結尾的非現實情節，讓故事的結局顯得更具浪漫色彩。表達了當時的人們對愛情的一種美好願望。

　　從漢武帝開始，崇尚禮教的**儒家思想**逐漸成為主流，而封建禮教對婚姻的束縛也越來越嚴重，想自由戀愛基本上是沒戲唱。

而包辦婚姻，也不怎麼靠譜……

〈孔雀東南飛〉這首詩不得了，它的情節十分完整。為何這麼說呢？

之前講的〈陌上桑〉，在講到秦羅敷反駁使君後就突然完結了。就像一個「爛尾」的故事，沒有交代結局。

而〈孔雀東南飛〉就厲害了，從婆媳矛盾一直講到了兩人殉情，整個故事有頭有尾。

　　漢樂府裡有許多像這樣情節完整的敘事詩，它們在情節安排上也遠遠超過《詩經》。這些樂府詩的出現也標誌著中國古代敘事詩的成熟。

　　兩漢樂府詩繼承了《詩經》的現實主義精神，它反映了當時的社會、政治問題，可以說是漢朝百姓的生活實錄。用古人自己的話說就是**「感於哀樂，緣事而發」**。

　　在我們古代詩歌發展史上，兩漢樂府詩**承前啟後**，有著不可動搖的地位。

　　無論是之後的建安文學，還是再往後的唐詩，都在不斷地從漢樂府詩歌中汲取養分。

　　而這，就是我們接下來要聊的故事了。

六、建安文學的「北斗七星」
──「三曹」與建安七子

　　兩漢加起來一共四百多年，社會相對安穩，方便文化人專心搞創作。因此，這一時期的漢賦和漢樂府詩發展非常迅速。

　　但當大漢開始衰亡的時候，情況就發生了變化。

　　話說東漢末年分三國，說不清是誰的鍋，天下大亂，朝廷內外都不消停。

朝廷內部	朝廷外部

| 正經員工**大臣**和捷徑員工**太監**開撕。 | 黃巾起義爆發，各地平叛官員借機拉起山頭，變成了讓朝廷頭疼的**軍閥**。 |

在這種天下大亂的環境下，文化人骨子裡的~~中二~~**文學之魂開**
始覺醒了。

我們之前講的《詩經》、漢賦、漢樂府，它們都很實用。

比如：

教化老百姓　　　　勸皇上不要胡來　　　　等等

但是漢末世道太亂，文人的內心戲越來越豐富，他們開始用詩來表達自己的情感：

有匡扶天下的理想，
寫首詩；

感慨人生短暫，
寫首詩；

想展現自己的個性，
寫首詩；

覺得生活充滿悲劇，
寫首詩。

一不小心，就開創了一個新的文學時代：

建安文學

建安，就是漢朝最後一個皇帝漢獻帝的年號。

在這幫走進新時代的文人中，有幾個比較亮眼，他們就是：

老曹家爺仨：
曹操、曹丕、曹植

漢末男團：
建安七子

想記住這些人，其實也很簡單，不信你找個晴朗的晚上，抬頭看天，找到──

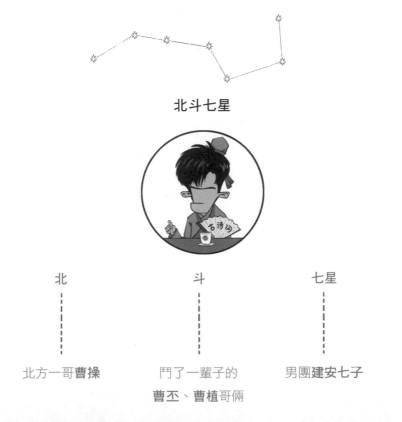

北斗七星

北	斗	七星
北方一哥**曹操**	鬥了一輩子的**曹丕**、**曹植**哥倆	男團**建安七子**

接下來，我們就一個個聊

一、北方一哥曹操

曹操大家都不陌生，漢末三國時期的大魏集團CEO。

話說三國這幾個頭頭，除了當老大，都有點業餘愛好：

劉備：編草鞋協會會長

孫權：送人頭優秀快遞員

　　而曹操最喜歡搞文學創作，這輩子走到哪寫到哪，什麼事都能寫進詩裡。

　　曹操早年在朝廷裡當保全科科長，當時一個叫董卓的胖子在朝廷胡作非為，曹操就拉起一票人馬，去參與滅董卓的隊伍。

董卓當時就嚇尿了，換了條褲子就跑路。

　　曹操號召大家繼續追擊，但各路諸侯都有自己的小九九＊，沒人肯去。

　　曹操就把這事寫進詩裡，瘋狂吐槽：

軍合力不齊，躊躇而雁行。

勢利使人爭，嗣還自相戕。

──出自〈蒿里行〉

　　意思是說：這些諸侯聚在一塊，力卻不往一處使，都在觀望，互相爭權奪利，到後來就開始自相殘殺。曹操對這幫人算是失望透頂了。

＊　編注：小九九意指算計。

　　後來，曹操開始發展自己的勢力，在官渡和當時北方第一大
戶的**袁紹**打了一架，最終獲得勝利。

　　之後，他又收拾了邊境的遊牧民族，清理了袁紹的殘餘勢
力，基本上統一了北方。

　　在回師途中，曹操路過5A級景區秦皇島，看見洶湧的大海，心情十分激動，就寫了一首詩。有幾句是這麼說的：

　　　　日月之行，若出其中；
　　　　星漢燦爛，若出其裡。
　　　　　　　　　　　　——出自〈觀滄海〉

　　什麼意思呢？就是說：大海大啊，大到什麼程度？星辰日月都好像是大海孕育出來的。

　　這時候的曹操，夢想就是統一天下，因此寫出的詩句也特別有氣魄。

曹操本來想繼續這活兒,來個統一全國,但理想很豐滿,現實很骨感──在赤壁這個地方,曹操的大軍被孫權、劉備合夥烤了個外焦裡嫩。

以後別跟我提燒烤,戒了。

赤壁之戰後,曹操再沒發動過這麼大規模的戰爭。在他的治理下,朝廷開始選拔人才,鼓勵耕種,北方社會漸漸穩定。

比較遺憾的是，曹操到最後也沒有實現統一的願望。

好了，下面我們就來聊一聊，曹操在**文學**方面的成就。

老曹打仗不含糊，在文學圈也混得風生水起，稱得上是建安文學的——

領軍人物

曹操能領頭，主要有兩個原因：

1. 魅力大

作為北境之王，曹操非常重視人才培養，不管你什麼出身，只要有才就能來上班。

所以，很多有才華的文人都來投奔，加入了以曹操為核心的文人團體，共同成就了建安文學的繁榮。

2. 自身硬

曹操不光能吸引文人，自己的文學水準也很高。

而且他還有個創新點：用**樂府詩**的舊題目，寫當下發生的新事情。

舉個例子。

漢樂府有個舊題目叫〈薤露〉，是在葬禮上唱的一首詩。

曹操就用這個題目，來寫當時董卓禍亂朝廷的事情：

> 賊臣持國柄，殺主滅宇京。
> 蕩覆帝基業，宗廟以燔喪。
>
> ——出自〈薤露行〉

這就是說：董卓趁亂把持國家的大權，殺皇帝，焚燒京城，大漢基業就此傾覆，皇帝家的宗廟也在烈火中焚燒。

　　曹操在文學方面的成就還不止這些。他最偉大的地方，在於生了兩個很優秀的兒子：

曹丕　　　　　　　　曹植

二、鬥了一輩子的哥倆

　　自古以來，繼承權的爭奪都是很激烈的，更別說曹操有二十多個兒子。

早先他最喜歡曹沖，就是那個懂得秤象的，可惜早早沒了。

剩下的兒子裡，最有希望的就這兩個：

曹丕和曹植，兩個人同為曹操的兒子，人生道路也都是起起伏伏：

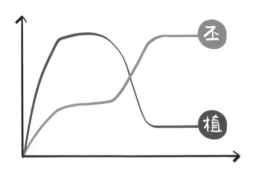

接下來，我們展開講講。

剛開始，曹植略占上風。他不僅有才，說話還好聽，曹操超喜歡他。

但壞就壞在，曹植太放縱自己。有多放縱呢？舉兩件事為證：

有一次，曹植在大路上飆車，還私自開門出了宮城；

還有一次，曹操讓曹植帶兵出征，結果曹植在出征前喝到斷片。

這兩件事讓曹操對曹植非常失望，繼承人的第一順位，從此變成了**曹丕**。

　　曹丕繼位後，沒過多久就逼迫漢獻帝退位，自己做了皇帝。這就是魏文帝。

曹丕繼位之後，發生了一件大家都聽過的事：**曹植作〈七步詩〉**。

這個故事是**《世說新語》**這本書裡講的，說曹丕為了收拾曹植，讓曹植在七步之內寫一首詩，曹植也不含糊，七步走完，就真的寫了出來。

這首詩版本很多，下面的是其中一個：

> 煮豆持作羹，漉豉以為汁。
> 萁在釜下燃，豆在釜中泣。
> 本自同根生，相煎何太急？
>
> ──〈七步詩〉

大概意思是說：煮豆子做豆羹，把豆子過濾做成汁，豆稈在鍋底下燃燒，豆子在鍋裡哭。豆稈和豆子，本來都是一條根上長出來的，為什麼要互相煎熬呢？

大哥！你看我們都是一根老豆養育的豆稈、豆子啊！

還老豆，裝什麼廣東人。

這個故事挺有意思，但**不一定**是真的事。因為曹丕如果想弄死曹植，方法多多，犯不著這麼麻煩。

曹丕當皇帝之後，把兄弟們都派到了外地，離自己遠遠的，曹植也不例外。

偏偏曹植又是個心懷天下的人，他經常上書自薦，想要為國出力，但是沒什麼用。

曹丕死後，兒子曹叡即位。曹叡是個「爸寶男」，遵照他老爸的做法，對曹植絕不重用。

最後，不能實現理想的曹植，因病離世。

兩兄弟的奪嫡大戲還算精彩，而他們在文學上的影響力更加強大。

我們先說**曹丕**。他非常喜歡嘗試各種新的體裁，不論是三四五六七言詩還是雜言詩，他都寫過。

所謂幾言詩，簡單地說，就是一句裡有幾個字，所以——

跟我學，就算你學不會文學，也能學會數學。

其中出名的就是七言詩〈燕歌行〉：

> 群燕辭歸鵠南翔，
> 念君客遊思斷腸。
> 慊慊思歸戀故鄉，
> 君何淹留寄他方。
>
> ——出自〈燕歌行〉

這幾句是以一個女子的口吻，描述自己想念遠方丈夫的心情。這首詩之所以出名，是因為它是目前最早且最完整的七言詩。

除了愛嘗試各種體裁，曹丕還喜歡寫**文學評論**。

就是品評一下誰的詩好，寫詩有何技巧，為此他還專門寫了一本書：

再來說說**曹植**，他寫的詩，可以分成兩個階段：

前半輩子

後半輩子

受老爸寵愛，
寫的詩意氣風發；

不受重用，
寫的詩充滿哀愁。

　　前半輩子，曹植很受曹操喜愛，寫起詩來也是非常有氣勢，比如這首〈白馬篇〉：

　　這首詩寫的是一個武藝高強的遊俠，他不顧個人得失，願意為保家衛國出力。

> 控弦破左的，右發摧月支。
> 仰手接飛猱，俯身散馬蹄。
> 狡捷過猴猿，勇剽若豹螭。
> 　　　　　　──出自〈白馬篇〉

其中這幾句描寫的，就是遊俠的武藝如何高強。

大意是：先是左右開弓，都正中靶心，抬手能抓住飛躍的猴子，俯身就令馬跑得飛快，身形矯健像猴子，勇敢兇猛像虎豹。

寫這幾句詩曹植是下了很大功夫的，用詞文采飛揚，還用了對偶的手法：

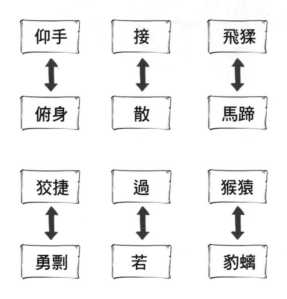

讀起來讓人感覺十分有氣勢。

後來，曹丕當上了繼承人，曹植的日子就不太好過了，他的詩也開始充滿哀愁：

> 願為西南風，長逝入君懷。
>
> 君懷良不開，賤妾當何依？
>
> ──出自〈七哀詩〉

這首〈七哀詩〉寫的是一個被丈夫拋棄的女子，非常哀怨。這幾句寫的是：女子說，我願意化成一陣風，吹入你的懷抱，但你的懷抱卻不會為我而開，那讓我去依靠誰呢？

這其實就是曹植以女子自比，說自己不被君王重視。

好了，現在我們來簡單總結一下，曹家爺兒仨在文學方面的主要特點。

曹操和曹丕，一個是用古題寫時事的文壇領袖，一個是嘗試各種體裁的文學評論家。

曹植的詩有個很大的特點，就是很注重對偶等修辭手法的運用。他的詩對後世的影響也是最大的。

三、建安七子

　　還記得剛才說曹丕寫過《典論》嗎？那裡面列舉了當時的七個文學家，這就是**建安七子**。

建安七子，排面確實不如曹家爺仨。別的不說，光看他們的名字：孔融、陳琳、王粲、徐幹、阮瑀、應瑒、劉楨，不查字典你能認識幾個？

但他們的文學水準很高。他們的作品一方面反映戰亂的現實，一方面表達自己的志向。建安七子同「三曹」一起，開創了建安文學的輝煌局面。

好了，建安時代的「北斗七星」我們就講到這裡。

古往今來，不少文壇大佬，都評價過建安文學：

> 我提的都是最牛的文學。

李白：蓬萊文章建安骨。

> 絕對是文學的盛世。

鐘嶸：降及建安……彬彬之盛，大備於時矣。

> 寫詩，我只認建安那幫人的。

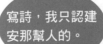

陳子昂：漢魏風骨，晉宋莫傳。

而建安文學這麼出名，還因為它有個非常重要的特點：

建安風骨

什麼是建安風骨呢？這屬於詩歌的美學範疇，比較複雜，我們可以把它簡單地理解成這一時期作品的主要特點：

蘊含的感情要充沛　　　　　運用的語言要剛健有力

　　建安文學發展的過程還有個趨勢，就是開始注重文辭，適量運用對偶等修辭手法。**曹植**對這個最在行，所以很多後代詩人都把他當作偶像。

　　只是後來的部分文人有點跑偏，光注重對文字的雕琢，詩的內容卻有點豔俗，於是被後來的大佬們各種的批評。

　　不過在**建安文學**之後，厲害的文人也不少。他們有的開宗立派，有的自成一家，都為魏晉南北朝文學的繁榮做出了貢獻。

　　這就是我們後面幾章要講的內容了。

七、魏晉風度——
活著才是硬道理！

上一章，我們聊了建安文學──那可以說是詩歌歷史上的一個高峰，可厲害了。

這座高峰過後，其實還有一個小高峰：

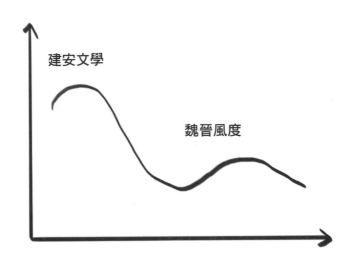

如果說在建安文學時代，大家都充滿了建功立業的雄心壯志，那魏晉時代的文人心中只有一個想法：

活著才是硬道理！

要知道原因，我們得先聊聊**魏晉**的歷史，它大概分成這麼幾段：

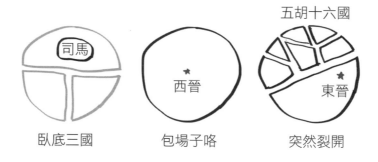

臥底三國　　　　包場子咯　　　　突然裂開

今天要講的這幫魏晉文人，主要生活在前兩段，也就是從司馬家篡權到西晉建國這一段。

　　話說曹丕建立的曹魏政權，剛開始還穩穩當當，後來被一個叫**司馬懿**的當了掌權人。而後，司馬懿的孫子取代曹氏稱帝。

　　政權更迭，本來可以充滿愛與和平，可是司馬家偏偏要把這事做得殘忍血腥，惹得天下人都罵罵咧咧。

看看曹魏最後三個皇帝的下場，我們就明白了。

他被司馬懿的兒子司馬師廢了。

魏邵陵厲公 曹芳

他被司馬昭的手下刺死在街頭。

魏高貴鄉公 曹髦

他被司馬炎逼著讓出了皇位。從此以後，曹魏滅亡，**西晉**建立。

魏元帝 曹奐

司馬家不僅殺皇帝廢皇帝，還殺了一堆忠於老曹家的王公大臣。這麼一來，大家可就不樂意了：

要知道，當時的主流階層是封建大地主，他們是一群有錢有權有勢的人，為朝廷輸送了不少官員和一些有名氣有熱度的文壇大咖。

這個群體，叫作**門閥士族**。

門閥士族掌握了政治和輿論兩大權力，司馬家再糊塗，也不敢把他們全都得罪了。

　　於是司馬家對門閥士族，採取了兩手策略：

1. 經濟上，拉攏扶持士族

2. 政治和輿論上，禁止士族文人說自己家壞話

　　就這樣，整個魏晉時代的輿論氛圍就像一口高壓鍋，文人士大夫不談國事，也不求建功立業，只求保住自己的狗命，過好自己的小日子。

　　沒想到，這小日子越過越有味，最後玩過頭了，走了火，硬生生成了全民風潮，這就有了：

魏晉風度

　　魏晉風度，其終極目標就是把自己變成奇葩，這條奇葩之路走得最好的，要數當時的七個大男孩：

竹林七賢

竹林七賢分別是阮籍、嵇康、山濤、向秀、劉伶、王戎和阮咸，他們中的絕大多數都是士族出身，也是當時文化界的領袖人物。

接下來，我們就以竹林七賢為例，談談當時文化人的小日子是怎麼過的。

1. 清談

前面說了，司馬家薅了老曹家政權，自己也覺得不好意思，於是，他們像拔毛的雞一樣敏感脆弱，老怕別人說閒話。

這也逼得所有人都不敢聊國家大事了，專挑沒用的扯，誰說的話最沒用誰就贏了。

這就叫清談。

據說，竹林七賢中的**阮籍**就特別擅長清談。當時掌權的司馬昭經常把阮籍叫過來，問他對時政的看法，可基本上都被阮籍一頓瞎扯糊弄過去。

　　這樣瞎扯了幾次，司馬昭都不得不說**「阮嗣宗至慎」**，意思是阮籍的嘴可是太嚴了。

　　當然，清談這事也不是一點用都沒有，大家清談的時候會聊很多**哲學**問題，客觀上也促進了中國哲學的發展。

2. 喝酒

光侃大山不過癮，如果搭上點小酒，那就更美滋滋了：

竹林七賢個個都是喝酒小能手，包括阮籍。阮籍一向不喜歡做官，但有一天，他找到司馬昭——

3. 嗑藥

　　除了清談喝酒，魏晉文人還有一個放到現在是違法的活動——嗑藥。

　　魏晉文人嗑的藥叫「五石散」。這本來是治傷寒的，但人吃完會渾身發熱，心智迷亂，有種爽翻天的感覺，於是就被他們當成了居家旅行的必備品。

　　「五石散」藥勁太大，吃完之後不能躺平，要一直走路來散發藥性，這個活動被叫作**「行散」**。

魏晉文人的小日子基本上就是這麼回事，用他們自己的話總結一下就是：

越名教而任自然。

　　意思就是別管儒家那一套，自己想做什麼就做什麼。

然而，這只是表象！

別看魏晉文人表面上那麼放飛自我，其實內心很是委屈！
要知道，中國傳統文化人，一般來說都是這樣的：

修身
齊家
治國
平天下

可一到了魏晉，他們又是清談又是喝酒又是嗑藥，把自己整
得像個半死不活的嬉皮，這究竟是在搞什麼呢？

根本原因還是：政治環境太險惡。他們只好用放蕩不羈的生
活方式構建自己的小世界，遠離政治，避世保身。

抓緊我的小杯子，
多吃幾杯小酒兒。

但兼濟天下的抱負，他們這輩子也實現不了了。因此魏晉文人也經常做出一些驚世駭俗的舉動，暗地裡表達對這個世界的反抗。

就拿竹林七賢裡的**嵇康**和**山濤**來說吧。山濤跑去做官以後，還想拉著嵇康一起出來做官，嵇康因此很鄙夷山濤，馬上就寫了一封絕交信：

〈與山巨源絕交書〉

魏晉文人放浪形骸的背後，其實也有一種心志難以伸展的鬱悶，這一點，我們從**阮籍**的心境變化中就能看出來。

阮籍年輕的時候也是個有志向的大男孩，他還曾跑到當年楚漢相爭的古戰場登高，順帶還吹了一波牛：

時無英雄，
使豎子成名！

意思就是，這個時代沒什麼英雄，以至於讓無名小輩鑽空子成了豪傑。真的是傲氣滿滿。

等到阮籍年紀再大一點的時候，他才發現：理想很豐滿，現實很骨……不，現實是真的黑暗啊！

　　於是詩風就變成了這樣：

夜中不能寐，起坐彈鳴琴。

薄帷鑒明月，清風吹我襟。

孤鴻號外野，翔鳥鳴北林。

徘徊將何見？憂思獨傷心。

──〈詠懷八十二首・其一〉

　　夜裡睡不著覺，起床彈琴。明月照耀，清風吹拂我的衣襟，孤獨的鴻雁在野外哀號，飛翔的鳥兒在林中鳴叫。牠們和我一樣在孤獨中徘徊，憂思不斷，心情悲傷。

　　所以說，魏晉文人吊兒郎當的背後，是一顆充滿了孤獨、失望和苦悶的心。

　　從另一個角度講，魏晉文人放棄了對外在事業功名的追求，加深了對內心、對自身的探索與思考，這也讓魏晉時期成為中國文學史上一個真性情流露的時代。

講完了魏晉風度，做個**小總結**：

魏晉文人

代表人物：

竹林七賢

愛好：清談、喝酒、吃五石散

人生觀：越名教而任自然

性格特點：外在放蕩不羈，及時行樂，內心充滿對自
身的探索和思考，也有鬱鬱不得志的孤
獨、失望、苦悶

代表作品：阮籍〈詠懷〉
嵇康〈與山巨源絕交書〉

講完了魏晉風度，我再額外給大家補充一些知識。

西晉建立沒多久，就被北方的少數民族滅掉了，於是國家分成了南北兩半：

少數民族在北方建立了一堆零碎政權，統稱為**五胡十六國**；

司馬家的殘餘勢力逃到南方，建立了**東晉**。

後來，一個叫鮮卑的民族統一北方，建立了新的政權：**北魏**。

而南邊的東晉也被自己人端了，變成了新的朝代：**宋**。也稱南朝宋。

之後，南北方又各自換了幾個朝代。

我們把這一時期，叫作**南北朝**。

我們先說**北朝**：

鮮卑人是一群大老粗，但是他們覺得漢文化特別好，就把自己給「漢化」了。在詩歌上，也做出了自己的特色：

北朝民歌

北朝民歌講究的是語言質樸直白，風格勇敢豪邁，比方說這首〈**敕勒歌**〉：

> 敕勒川，陰山下。
> 天似穹廬，籠蓋四野。
> 天蒼蒼，野茫茫。
> 風吹草低見牛羊。

再比方說講女扮男裝代父從軍的〈**木蘭辭**〉：

> 萬里赴戎機，關山度若飛。
>
> 朔氣傳金柝，寒光照鐵衣。
>
> 將軍百戰死，壯士十年歸。

再說說**南朝**：

在東晉到南朝的這段時間，南方出現了一個非常重要的詩歌流派，那就是——

山水田園詩派

山水田園詩派最初是兩個詩派：山水派和田園派。在接下來的兩章裡，我們會分別講到這兩個派別各自的大老──

　　他倆是誰呢？

八、充滿處女座特質的陶淵明

上一章我們講完了**魏晉風度**，接下來我們就來講一下魏晉時期的代表人物，同時也是中國歷史上的第一位田園詩人——

陶淵明

　　雖然歷史上並沒有記載陶淵明具體的出生日期，不過按照我對他的了解，他鐵定是個——

　　為何呢？接下來我們就看看，陶淵明身上的處女座特質。

特質一:聰明有才華

據說,處女座的人很聰明,那陶淵明就不用說了……

如果他不聰明,怎麼可能寫出那麼多學生必背的古詩文呢?

好了好了,開個玩笑,接下來才是我們要說的重點。

特質二：糾結＋潔癖

處女座的潔癖，全世界的人都曉得。但據說這種潔癖，並不完全表現在個人衛生上，更多是一種精神潔癖，簡稱：

「精癖陶」從小接受正統的儒家教育，所以，他有一個大大的夢想：

猛志逸四海，騫翮思遠翥。

──出自〈雜詩・其五〉

翻譯成大白話就是：

想要實現自己的理想，就得去當官。可那時候官場的那潭水，髒得讓「精癖陶」下不去腳。

所以，陶淵明總是很糾結：

可以說，陶淵明的前半生都在散發著有潔癖又糾結的處女座
氣質。比如他人生中的著名事件：

一、一進一退

陶淵明的曾祖父是**東晉**大元帥，可到了陶淵明這代，陶家已經沒落得跟平頭百姓差不多了。懷揣治國夢的陶淵明，只能在地方上當芝麻官。

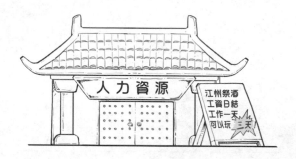

當了沒幾天，他就發現官場水太髒。大家要麼渾水摸魚，要麼貪污腐敗。

「精癖陶」哪受得了這個，就辭職了，用他自己的話說：**不堪吏職，少日自解歸。**

翻譯過來就是：

二、二進二退

對官場絕望的陶淵明，之後一直宅在家裡。萬萬沒想到，沒過幾年，傳來一個大新聞：

桓玄是很多讀書人的偶像，他工作能力很強，大家都把他當成復興東晉的希望。

看到這個新聞，陶淵明那追夢的心重新被點燃了，他蹦躂著去桓玄手下做事，希望能有一番大作為。

然而，他很快就發現，官場一如既往的黑。

這還不是最可怕的——他發現，桓玄是個戲精，表面上為國為民，實際上自己想當皇帝，絲毫沒有為東晉復興出力。

這下「精癖陶」又受不了了，二話不說，直接就撂挑子走人了。

　　陶淵明又重新開啟了宅男生涯。你以為他就此放棄了自己的夢想？

三、三進三退

桓玄沒蹦躂幾天，就被一個叫**劉裕**的軍閥趕下了台，劉裕工作能力也很強，還天天喊著為國為民。

陶淵明覺得他應該很靠譜，於是，就跑到劉裕手下做事。

可惜夢想沒有照進現實。劉裕也不是什麼好東西，也想自己當皇帝。

和桓玄不一樣，劉裕真的實現了皇帝夢。東晉皇帝把皇位禪讓給了他，於是劉裕登上皇位，建立了新的朝代——**南朝宋**。

劉裕的夢想成真了，但「精癖陶」的夢想第三次破滅了，於是他又撂了挑子。

經過這幾件事，陶淵明深深明白了一個道理：鐵打的官場潛規則，流水的皇帝，社會風氣不行，做什麼都是徒勞。看樣子，夢想是無法實現了。

於是，他決定遠離官場，去過隱居生活，但是……

四、四進四退

隱居說起來容易，其實很燒錢。所以陶淵明盤算著，再做幾年縣令攢本錢。

好巧不巧，做縣令期間，領導來視察，要求他搞個大排場。

縣令一年的工資是五斗米，陶淵明不想為這點工資和官場小人同流合污。

於是他第四次辭職了，還留下了**「不為五斗米折腰」**的典故。

這一次可是玩真的，陶淵明開始了自己的隱居生活，也進入了他的創作高峰期。

特質三：一旦找到心中真愛，忠誠度up

　　處女座雖然糾結，但他們一旦找到了真愛，那忠誠度沒話說！

　　而看破官場的陶淵明，發現自己對隱居生活是真愛，便一心一意開始隱居。

　　隱居期間，他就做三件事：

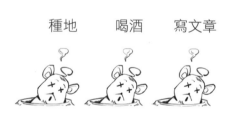

種地　　喝酒　　寫文章

一、種地

　　沒了工資，要想吃飽飯，就得自己種地。不得不說，對於種地，陶淵明真的是一竅不通。他平時種地，一般都是這樣的：

歸園田居（其三）

種豆南山[1]下，草盛豆苗稀。

晨興[2]理荒穢[3]，帶月荷[4]鋤歸。

道狹草木長[5]，夕露[6]沾我衣。

衣沾不足惜，但使願無違。

【注釋】

[1]南山：指廬山。

[2]晨興：早晨起來。

[3]荒穢：荒蕪雜亂。指長在豆苗間的雜草。

[4]荷：扛著。

[5]草木長：草木茂盛。

[6]夕露：傍晚的露水。

【翻譯】

我在南山腳下種植豆苗,雜草茂盛反而豆苗稀少。

清晨早起下地清除雜草,披星戴月扛著鋤頭歸家。

山路狹窄草木擋了小道,夜露滋生沾濕我的衣角。

衣衫打濕並不覺得可惜,只不違我歸隱心思就好。

再大白話一點就是:一天從早忙到晚,結果雜草比莊稼長得還好,但就算是這樣,我還是很熱愛現在的生活。

二、喝酒

因為沒有收入，陶淵明十分貧窮，經常要出去討飯。

來自官場和經濟的雙重打擊，讓生活變得艱難，唯有飲酒的時候，陶淵明才能得到些許慰藉。

飲酒（其五）

結廬[1]在人境[2]，而無車馬喧[3]。

問君[4]何能爾[5]？心遠地自偏。

採菊東籬下，悠然[6]見南山[7]。

山氣日夕[8]佳，飛鳥相與[9]還[10]。

此中有真意，欲辨已忘言。

【注釋】

[1]結廬：修建住宅。

[2]人境：人世間。

[3]喧：吵鬧。

[4]君：作者自指。

[5]爾：如此、這樣。

[6]悠然：自在自得的樣子。

[7]南山：南邊的山峰，當指廬山。

[8]日夕：傍晚。

[9]相與：相邀，結伴。

[10]還：歸巢。

【翻譯】

在世俗的人間修個茅廬居住，

耳邊卻沒有車馬人流的囂喧。

問我為什麼能夠達到這種狀態，

心靈遠離世俗就自然偏遠。

在東籬之下採摘菊花，

悠悠然南山映入眼簾。

山的氣息與傍晚景色美好，

天空中飛鳥結著伴歸還。

這裡蘊含著人生的真意，

想說出卻沒有合適的語言。

陶淵明是一個受過正統儒家思想教育的文人，他一生的夙願就是「修身、齊家、治國、平天下」。

可是，天不遂人願。現實太黑暗，他不得不隱居，獨善其身。可無法完成夢想又令陶淵明極為痛苦，他只能用酒麻痺自己。

陶淵明是中國文學史上第一個大量寫飲酒詩的詩人。他以「醉人」的語態表達了內心的憤懣。

三、寫文章

作為一個夢想破滅的文藝青中年，陶淵明除了寫詩，還會把自己的想法寫成文章。比如，他寫了一篇自傳：〈**五柳先生傳**〉。

> 閑靜少言，不慕榮利。好讀書，不求甚解，每有會意，便欣然忘食。
>
> ——出自〈五柳先生傳〉

隱居後的陶淵明，徹底告別了名與利，在田園生活中尋找著自己的人生價值。

他還大開腦洞，構想了一個東方迪士尼童話小鎮：世外桃源。

　　土地平曠，屋舍儼然，有良田美池桑竹之屬。阡陌交通，雞犬相聞。其中往來種作，男女衣著，悉如外人。黃髮垂髫，並怡然自樂。

——出自〈桃花源記〉

　　〈桃花源記〉描繪了一個沒有戰爭、人們安居樂業的理想世界。然而，在那個時代，這也只能是幻想罷了。

這樣貧窮而又愜意的隱居生活持續了很久，在此期間，也有很多人邀請他去做官，但已經找到心中真愛的他統統都拒絕了。

　　最終，貧病交加的他，死在了老家潯陽。

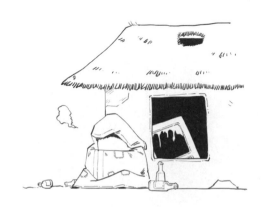

　　關於陶淵明的生平，我們就說到這裡。

最後，我們來總結一下陶淵明和他的田園詩。

1. 純粹的一生

陶淵明是一個十分純粹的人。就拿隱居這件事來說——

同時期的其他人隱居是為了逍遙自在，後來唐代的詩人，更是以隱居作為求職的敲門磚，而陶淵明的隱居為的只是保有心靈的純淨。

大多數人
為名為利為逍遙。

陶淵明
只為「做自己」。

陶淵明是真正的「做自己」。這份堅持和屈原的堅持、曹操的真性情一樣難能可貴，這也正是他的偉大之處。

是否找個藉口繼續苟活 或是展翅高飛保持憤怒 我該如何存在

所以，如果非要概括陶淵明的一生，那就是四個字：

至真至誠！

一語天然萬古新，豪華落盡見真淳。

——出自元好問〈論詩〉

其實，「純真」也是處女座的一大特點。陶淵明一生堅守這份「純真」，從不被外界污染，這是非常高的人生境界。

2. 開創田園詩及其影響

陶淵明的詩，寫的主要是**田園生活和自然景物**，他也由此開創了田園詩派。

他的田園詩，**平淡之中有醇美**。

陶淵明的田園詩一般有幾個明顯特點：

①語言質樸，與現實生活息息相關。

比如：

種豆南山下，草盛豆苗稀。
　　——出自〈歸園田居·其三〉

結廬在人境，而無車馬喧。
　　——出自〈飲酒·其五〉

種地　　　　　　　　喝酒

②把情感寄託在田園景物之中，蘊含哲理。

比如這首詩。

歸園田居（其一）

少無適俗韻，性本愛丘山。
誤落塵網中，一去三十年。
羈鳥戀舊林，池魚思故淵。
開荒南野際，守拙歸園田。
方宅十餘畝，草屋八九間。
榆柳蔭後簷，桃李羅堂前。
曖曖遠人村，依依墟里煙。
狗吠深巷中，雞鳴桑樹顛。
戶庭無塵雜，虛室有餘閒。
久在樊籠裡，復得返自然。

他透過「狗」、「雞」這些鄉村事物來表達自己對於田園生活的喜愛，寓情於景。最後一句「久在樊籠裡，復得返自然」，也傳達了他「順應本性生活」的哲學思想。

③陶淵明很愛喝酒，飲酒、詠酒也成為陶詩的一大特色。

我喝醉了，你看醉了嗎？

陶淵明的田園隱逸詩，是魏晉詩壇的代表，也對唐朝詩人產生了很大的影響。

因此，南朝文學批評家**鐘嶸**，給他起了一個特別厲害的稱號：

除了陶淵明，魏晉南北朝時期還有一個人，他也把自然景物寫進詩中，還開創了另一個詩派。

九、謝靈運——南北朝娛樂圈的頂級流量貢獻者

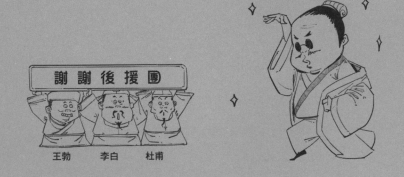

謝謝後援團

王勃　　李白　　杜甫

幾乎在陶淵明的同一時代，江湖上出現了另一位大老：

前面說過，陶淵明是第一位田園詩人。而這位謝靈運，可以算是**山水詩**的鼻祖。

他寫山寫水很有一手，唐朝很多詩人都是他的粉絲，比如：

王勃　　　李白　　　杜甫

這粉絲團還
挺客氣。

李白可以說是謝靈運的鐵粉。據統
計，他的詩有一百多處寫到了謝靈運。

你這麼頻繁地叫我，
以為我能回覆你嗎？

·····

不僅是後世，謝靈運的魅力在魏晉南北朝時期也很大，他的「吸粉」能力是數一數二的。

　　如果魏晉南北朝也有娛樂圈，那謝靈運就相當於一個**頂級流量明星**。

　　不信？我就跟你好好嘮嘮「謝靈運身上的頂流特質」。

特質一：有錢，有顏，還有型

謝靈運出生在**東晉**的世家大族，是標準的官二代＋富二代，長得也帥。

他大概在18歲就繼承了爵位，被封為康樂公，享受著高薪待遇。

不過對於世家大族來說，有錢沒什麼可炫耀的。謝靈運能成為當時的「頂流」，是因為他非常懂**時尚**。

　　他一年四季都在給自己設計衣服，穿最靚的衣服，做最靚的仔。

　　他還改造了遮陽帽、拖鞋等生活小配件，每一種東西都時尚感滿滿。

　　據說，謝靈運16歲那年，順手給要參加聚會的姑奶奶謝道韞改進了一件禮服，結果那件禮服在京城一炮而紅，成為潮流。

　　這麼懂時尚的人，自然也就成了優質帶貨天王。為了跟上潮流，大家紛紛剁手買起了謝靈運同款。

　　可以說，謝靈運是當時的**時尚**代言人。

特質二：有才，還能上熱搜

如果說時尚是謝靈運的外在表現，有才華就是他的內在表現。

「有才華」這樣的評價，往往是從別人嘴裡說出來。可謝靈運不一樣，這評價是從他自己嘴裡說出來的──

天下才共一石，曹子建獨得八斗。
我得一斗，自古及今共用一斗。

這句話的意思就是：曹植太有才了，我自認比不過他，我只能當天下第二了。

他憑什麼這麼自信呢？因為他確實有才。

跟很多文人一樣，謝靈運的「寫詩技能」也是在不得志的時候解鎖的。

東晉滅亡前，
他的職場基本上都是春天；

東晉滅亡後，
他的職場迎來了冬天。

南朝宋取代東晉之後，謝靈運這個前朝舊臣受到排擠，被貶到了永嘉郡，也就是現在的溫州。

本來順風順水的世家子弟，突然被貶，換一般人面對這種打擊，早就抑鬱了，但謝靈運不一樣。

在永嘉工作的日子裡，謝靈運遊山玩水，到處溜達。

他特別喜歡爬山，晚年還特地發明了一種登山鞋，叫**謝公屐**。

頭號粉絲李白的一句詩：**「腳著謝公屐，身登青雲梯。」**說的就是李白穿著謝靈運的作品去爬山。

他不光自己欣賞，還要把自己的所見所聞寫下來，發到微博上。

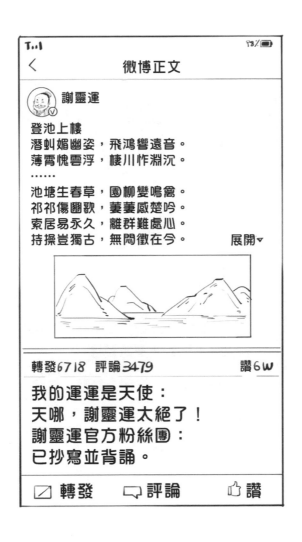

他一寫詩，粉絲就會瘋狂轉發點讚留言。結果就是，即使遠離了流量中心，人在永嘉的謝靈運，依然可以稱霸「熱搜榜」。

〈返D　　　　即時熱搜榜

南朝熱搜榜

(ıll)	⟨⟩	◐	☆	✥
即時	好友	熱點	名人	潮流

即時搜索熱點

! 知名旅遊博主又發博

1. 知名旅遊博主又發博

2. 謝靈運兩天更新三篇微博

3. 京城欣起「抄錄謝靈運詩歌」熱潮

4. 陶淵明和顏延之酒館買醉

5. 謝靈運〈初去郡〉

6. 謝靈運曠工旅遊

　　當時，只要謝靈運的山水詩一傳到京城，人們都爭著搶著要看，還有一撥狂熱粉絲，每天都要抄寫並背誦他的詩。

這就是頂流該有的排面。

那麼，謝靈運的詩都寫了些什麼呢？我們挑一篇點讚最多的〈登池上樓〉來看一下。

登池上樓

潛虯媚幽姿，飛鴻響遠音。

薄霄愧雲浮，棲川怍淵沉。

進德智所拙，退耕力不任。

徇祿反窮海，臥痾對空林。

衾枕昧節候，褰開暫窺臨。

傾耳聆波瀾，舉目眺嶇嶔。

初景革緒風，新陽改故陰。

池塘生春草，園柳變鳴禽。

祁祁傷豳歌，萋萋感楚吟。

索居易永久，離群難處心。

持操豈獨古，無悶徵在今。

這首詩一共有22句，我們可以平分成三部分來理解。

前八句，講自己不受重用的經歷；

中間八句，寫窗外的風景；

後六句，表達自己鬱悶的心情。

這就是謝靈運山水詩的經典結構：

敘事 — 寫景 — 說理或抒情

特質三：當然要有點負面新聞了

謝靈運雖然懂時尚、有才華、能吸粉，但也不是完全沒黑點。

他當了幾年官，覺得不夠開心，就辭職回家了。

雖然淡出了主流圈子，但他那顆放蕩不羈的心，還是不能消停。

　　為了方便出行，他旅遊總要帶幾百個隨從，遇到山就讓隨從給他砍樹開道。

　　這事甚至還驚動了當地的官員，他們以為有山賊出沒。

後來，他還想把公家的湖變成自家產業，結果不但沒成，還讓他大禍臨頭。

　　這事得罪了上頭，上頭打小報告誣陷他謀反，後來謝靈運腦子一熱，真的謀反了。

　　其實剛開始謝靈運跑到京城喊過冤，皇帝選擇相信他，還給他安排了新工作，但他到職後整天旅遊，又被人打了小報告，朝廷派人抓他，他這次就真的反了。

　　結果謀反失敗，謝靈運被抓充軍。後來皇帝不放心，還是把他砍了。

　　一代「頂流」明星，死於占用公共資源。

我們從以下兩方面對謝靈運做個總結：

1. 謝靈運的歷史地位

要弄清楚謝靈運的歷史地位，就得先搞明白什麼是山水詩。

山水詩不僅是把山水景物寫進詩裡，更重要的是讓詩中的**山水景物站C位**。

在謝靈運之前，大部分詩裡的山水都是配角，戲份少；而在謝靈運寫的大部分詩裡，山水都是主角，戲份相當多。

雖然在謝靈運之前，已經有山水詩出現——
比如，曹操就寫過一首著名的**〈觀滄海〉**。

還有楊方、謝混等人也寫過一些山水詩，但真正大量創作山
水詩，並對後世產生巨大影響的則是——

謝靈運

所以，謝靈運才被視作**中國山水詩的開創者**。而他之所以能夠大量創作山水詩也有一些主觀和客觀原因。

首先，他們家很有錢。那年頭家裡沒點錢是不配出門旅遊的。

其次，他很閒。他官場失意，時間一大把，又受當時**隱逸之風**的影響，便去遊山玩水。

再次，他去的地方都很美。永嘉、會稽等地都是風景如畫的地方。

最後，之前東晉流行的是**玄言詩**，這類詩因為說理太強，又缺少美感，人們開始對它產生審美疲勞，這似乎也讓山水詩的興盛成為必然。

總之，謝靈運的山水詩不僅成了南朝詩風的主流，對盛唐詩風的形成也有一定影響。

2. 謝靈運詩的特點

謝靈運山水詩最大的特點就是：

善於經營畫境。

即用文字營造畫面。他移步換景式的遊賞，詩中的景色有遠近，顏色有濃淡，對某一景物還有**特寫**鏡頭，就像是旅行日記那樣。

誰還不是個畫畫的baby。

　　相比漢賦的全景式描繪，謝靈運對景物的特寫手法可以說是一種質的飛越。他一改當時魏晉南北朝時期玄言詩的寡淡，將山水景物大量引入詩中，使詩歌更具美感。

也有人批評謝靈運的詩刻意追求對偶和描寫，有些不自然。
但更多的人，則同意南朝文學批評家**鐘嶸**所說的：

> 譬猶青松之拔灌木，白玉之映塵沙，
> 未足貶其高潔也。

翻譯過來就是：

> 我就是我，
> 是不一樣的煙火。

魏晉南北朝時期，士大夫陶淵明、謝靈運努力開創新詩派，
而他們的詩歌，也對唐朝詩歌產生了深遠影響。

十、唐詩宋詞總複習：高不可攀的詩壇地位都是怎麼來的？

在前面幾章，我們聊完先秦和漢代的文學，又簡單了解了魏晉南北朝的文學代表，轉眼間，就到聊**唐詩**、**宋詞**的時候了。

唐詩宋詞在我們文學史上的地位，只能用四個字來形容：

高不可攀

但這地位也不是憑空想像出來的，他們之所以高，是因為他們：

踩在了前人的肩膀上！

而托起唐詩宋詞的，主要是之前朝代的詩歌：

先秦詩歌

代表是《詩經》和《楚辭》。《詩經》是詩歌現實主義的基礎，《楚辭》則是浪漫主義的開端。

漢代詩歌

代表是**民間樂府詩**和**文人詩**，詩的字數開始變多，技巧也更成熟。

魏晉南北朝詩歌

代表是**建安文學**和**山水田園詩**，國家比較亂，文人動不動就寫詩，題材、風格越來越多，押韻方式也開始有了規則。

唐詩宋詞能閃閃發光，離不開這三個時代的貢獻。

即使在今天，我們也能看到這種微妙關係的存在，不相信？

請看上海的知名地標：

東方明珠！

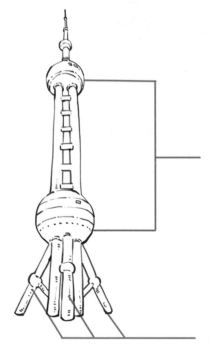

上面兩個大球，代表

唐詩和**宋詞**；

底部三個支撐的柱
子，代表先秦、漢代、魏
晉南北朝的詩歌。

所以記住了東方明珠，你就記住了中國詩歌史。

扯淡吧你！

關於唐詩宋詞，在我們之前的《半小時漫畫唐詩》、《半小時漫畫宋詞》裡已經講過很多了，這一章就簡單聊聊，走個過場。

一、唐詩

唐詩的故事，我們可以按照時間，分成四個階段：

　　初唐是唐詩發展的萌芽期，詩人在前代詩歌的基礎上進行創新，創造出了前代所沒有的「格律」。

　　盛唐是唐詩發展的完善和爆發期，人多、詩多、風格多、流派多，是大家現在背誦默寫部分的主力軍。

　　中唐的詩人和流派不比盛唐少，它既是盛唐詩的後裔，又開始轉變，開始成為不一樣的煙火。

　　到了**晚唐**，詩幾乎被前人寫絕了，這時候的詩人換了一種思路，開始講究技巧。

　　唐朝出名的詩人多，詩更多，在這裡我們就選兩首作為代表，來看看唐朝詩人究竟有多厲害。

　　先來看一首**李白**的：

將進酒[1]

君不見[2]，黃河之水天上來，奔流到海不復回。

君不見，高堂[3]明鏡悲白髮，朝如青絲[4]暮成雪[5]。

人生得意[6]須盡歡，莫使金樽[7]空對月。

天生我材必有用，千金散盡還復來。

烹羊宰牛且為樂，會須[8]一飲三百杯。

岑夫子，丹丘生，[9]將進酒，杯莫停。

與君歌一曲，請君為我傾耳聽。

鐘鼓饌玉[10]不足貴，但願長醉不願醒。

古來聖賢皆寂寞[11]，惟有飲者留其名。

陳王[12]昔時宴平樂[13]，斗酒十千[14]恣[15]歡謔[16]。

主人何為言少錢，徑須[17]沽取[18]對君酌。

五花馬[19]、千金裘[20]，呼兒將出換美酒，與爾同銷萬古愁[21]。

【注釋】

[1]將進酒：勸酒歌，樂府舊題，屬鼓吹鐃歌十八曲之一。句式比較自由，常三言、四言、五言、七言雜用。將（ㄑㄧㄤ）：請，希望。這裡是勸飲。

[2]君不見：樂府古詩中經常使用的引導語。

[3]高堂：房屋的正廳。

[4]青絲：黑髮。

[5]雪：指白髮。

[6]得意：高興的時候。

[7]金樽（ㄗㄨㄣ）：古代的盛酒器具。

[8]會須：正該。

[9]岑夫子：岑勳，南陽人。丹丘生：元丹丘。二人均為李白的好友。

[10]鐘鼓饌（ㄓㄨㄢˋ）玉：鐘鼓，豪門富戶宴會中奏樂使用的樂器。饌玉，如玉一樣精美的食物。

[11]寂寞：此指默默無聞，不得志。

[12]陳王：指曹植，曾受封為陳王。

[13]平樂：宮觀名。在洛陽西門外，富豪們娛樂的場所。

[14]斗酒十千：言美酒價高，一斗值十千錢。語出曹植〈名都篇〉：「歸來宴平樂，美酒斗十千。」

[15]恣（ㄗˋ）：縱情，任意。

[16]謔（ㄋㄩㄝˋ）：遊戲，玩笑。

[17]徑須：只管。

【注釋】

[18] 沽取：買取。

[19] 五花馬：五色花紋的馬，指名貴的馬。

[20] 千金裘（ㄑㄧㄡ）：裘，皮衣。晉葛洪《西京雜記》卷二：「司馬相如初與卓文君還成都，居貧愁懣，以所著鷫鷞裘就市人楊昌貰酒，與文君為歡。」《史記·孟嘗君列傳》：「時孟嘗君有一狐白裘，值千金，天下無雙。」

[21] 爾：你。銷：同「消」。

【翻譯】

　　你難道沒有看見嗎？黃河之水像從天上傾倒下來，翻滾奔流直到大海再不回還。

　　你難道沒有看見嗎？在高堂上面對明鏡悲歎那滿頭銀髮，早晨還是青絲晚上就變得白如霜雪。

　　人生在高興的時候就應該盡情歡樂，不能讓無酒金杯空對著天上的明月。

　　上天賦予我的才幹必有所用之處，千兩黃金揮霍乾淨還會再回來。

　　烹羊宰牛且讓我們快樂地歡會，喝起來那就必須一飲三百大杯。

　　岑夫子啊，丹丘生啊，快點斟酒啊，一杯接一杯不要停。

　　我給你們唱一首歌吧，請你們側耳細聽。

【翻譯】

　　鐘鼓奏樂和山珍海味都不是什麼珍貴的東西，只希望無憂無慮一醉方休而且不用醒來。

　　從古到今的聖賢都是寂寞孤獨默默無聞，只有縱情狂飲的酒徒能夠留下長久美名。

　　當年大才子陳王曹植設宴平樂觀，一斗十千錢的名貴美酒縱情狂歡。

　　主人為什麼說錢好像不太夠了？只管買酒吧，我和你們相對痛飲！

　　五色花紋的寶馬，價值千金的皮衣，叫侍兒統統拿去換成美酒，讓我們一起用酒來澆滅這萬古難消的長愁！

　　這首詩可以說是李白浪漫主義的極致體現。大膽的想像和極致的誇張，在這首詩裡無處不在。浪漫的同時，還勾畫了一個孤芳自賞的高傲身影，這就是詩仙李白，一位把浪漫進行到底的詩人。

如果說源自《楚辭》的浪漫主義，在李白這裡得以發揚光大，那麼**杜甫**，則完美繼承了來自《詩經》的現實主義精神。

茅屋為秋風所破歌

八月秋高[1]風怒號[2]，卷我屋上三重茅[3]。茅飛渡江灑江郊，高者掛罥[4]長[5]林梢，下者飄轉沉塘坳[6]。

南村群童欺我老無力，忍能[7]對面為盜賊[8]。公然抱茅入竹去[9]，唇焦口燥呼不得[10]，歸來倚杖自歎息。

俄頃[11]風定雲墨色，秋天漠漠[12]向昏黑。布衾[13]多年冷似鐵，嬌兒惡臥[14]踏裡裂[15]。床頭屋漏無乾處，雨腳如麻[16]未斷絕。自經喪亂[17]少睡眠，長夜沾濕何由徹[18]！

安得[19]廣廈[20]千萬間，大庇[21]天下寒士[22]俱[23]歡顏！風雨不動安如山。嗚呼[24]！何時眼前突兀[25]見[26]此屋，吾廬[27]獨破受凍死亦足[28]！

【注釋】

[1] 秋高：秋深。

[2] 怒號（ㄏㄠˊ）：發怒一般的大聲吼叫。

[3] 三重（ㄔㄨㄥˊ）茅：幾層茅草。三，虛數，泛指多。

[4] 掛罥（ㄐㄩㄢˋ）：掛著，掛住。罥，掛。

[5] 長（ㄔㄤˊ）：高。

[6] 塘坳（ㄠ）：低窪積水處。坳，低窪處。

[7] 忍能：忍心能。

[8] 對面為盜賊：當面偷搶。

[9] 入竹去：進入竹林。

[10] 呼不得：喝止不住。

[11] 俄頃：一會兒。

[12] 漠漠：指秋天傍晚的天空昏暗迷濛。

[13] 布衾（ㄑㄧㄣ）：棉布的被子。

[14] 惡臥：睡姿不好。

[15] 踏裡裂：在被子裡蹬踏，使被子破裂了。

[16] 雨腳如麻：形容雨點密集，不間斷，如麻線一般。

[17] 喪亂：這裡指戰亂。

[18] 何由徹：怎樣才能熬盡這個夜晚。

[19] 安得：怎樣才能得到。

[20] 廣廈：寬敞的大屋子。

[21] 庇（ㄅㄧˋ）：遮蓋。

【注釋】

[22]寒士：士原指士人，讀書人，這裡泛指所有貧寒無居處的人。

[23]俱：都。

[24]嗚呼：感歎詞。

[25]突兀（ㄨˋ）：突然。

[26]見（ㄒㄧㄢˋ）：通「現」，出現。

[27]廬：茅屋。

[28]足：滿足，值得。

【翻譯】

八月深秋狂風怒吼般地嚎叫，捲走我屋頂上的好幾層茅草。有的茅草飛過江水撒在岸邊，飛得高的掛在了高高的樹梢，飛得低的飄落進池塘窪坳。

南村一群頑童欺我年老無力，竟忍心當著我的面就做強盜，公然抱著茅草跑進了竹林，我喝止不住喊得口乾舌燥，只得回家拄著拐杖獨自歎息懊惱。

一會兒風停了雲變成墨一樣的顏色，深秋的天空昏暗迷濛漸漸黑幕籠罩。棉布被子蓋了多年冰冷得像鐵板一般，孩子睡覺亂踢亂蹬把被裡子都蹬破了。如果下雨整個屋子就沒有一個乾處，雨點像麻線一樣絲絲不絕往下掉。自從戰亂後睡眠時間就很少，滿屋潮冷，這長夜漫漫怎麼熬？

【翻譯】

　　怎樣才能得到寬敞的大屋千萬間，給天下所有貧寒的人遮風擋雨讓他們都喜笑顏開，暴風狂雨來了也安穩不動像山一樣堅牢。唉！什麼時候眼前突然出現這樣的房屋，那時我的茅屋被秋風吹破自己受凍而死也心滿意足！

　　杜甫的詩被稱為「詩史」，記錄了大唐由盛轉衰的境況。杜甫即便窮困潦倒，也依然心憂天下寒士。杜甫之所以偉大，就是因為他詩歌裡這種濃烈的家國情懷。這就是詩聖杜甫──一位偉大的現實主義詩人。

李杜雖然亮眼，但放眼大唐詩壇，可謂群星閃爍。眾多詩人借著詩歌，向我們展示了大唐的博大胸懷和氣象。唐詩不僅是大唐神韻的代表，更是詩歌文化的精華所在。

直到今天，它依然在影響和塑造著我們每一個說中文的人。

言歸正傳，那唐朝之後，詩歌又何去何從呢？

我們接著往下說。

唐詩到了晚唐，就只剩下最後的風采了，偏偏這個時候，從民間冒出來一個小鮮肉。

這個小鮮肉就是**詞**。

那詞是怎麼冒出來的呢？

大家都知道，大唐很開放，外面有什麼好東西，都能吸收過來。

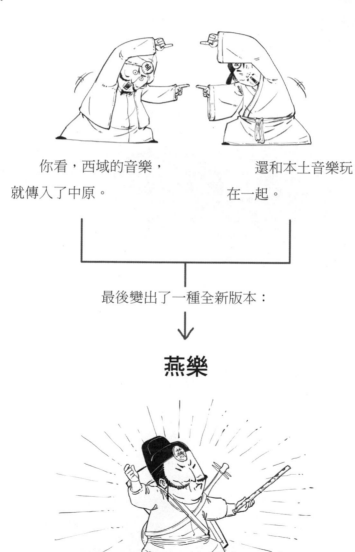

你看，西域的音樂，就傳入了中原。

還和本土音樂玩在一起。

最後變出了一種全新版本：

燕樂

燕樂好是好，但有個問題，節奏複雜多變，跟詩很不搭。

　　當時，很多歌都用詩來當歌詞，但燕樂節奏變化多，而詩每句的字數都一樣，兩者就很難走在一起。

　　於是有人開始按照燕樂的節奏，重新創作，寫出了長短不一的歌詞。

是誰，送你來到我身邊？

　　這些歌詞，當然就是大名鼎鼎的**詞**了。

　　但那個時候，詩才是市場主流，詞只是上不得檯面的娛樂工具。

　　當時的詞，主要用在唱歌跳舞的民間娛樂場所，跟詩這種高雅的藝術沒法比。

　　不過別擔心，唐朝看不上的東西，別的朝代能看上。

　　宋朝，簡直就是為詞量身訂做的朝代。

二、宋詞

為何說是量身訂做呢？

因為詞能在大宋走上巔峰，可以說是湊齊了天時、地利、人和。

天時

大宋雖然經常打敗仗，可經濟發達，人們兜裡有錢了，就喜歡到處玩。

地利

大宋經濟發達，娛樂業也很發達，娛樂場所一多，吸引了不少流量。

再加把勁，就快出來了！

人和

部分出入娛樂場所的文人發現，跟已經寫爛了的詩相比，詞太有潛力了，於是開始瘋狂寫詞。

有了這些條件，詞在宋朝越來越受歡迎，國民度越來越高，最終成為了和唐詩一樣的詩歌界頂流。

流量明星榜	
👑 1	唐詩
👑 1	宋詞
👑 3	詩經
4	楚辭

在這三點裡，**文人**的參與是最重要的，是他們讓詞變得更加有內涵，傳播得更廣。

那詞在宋朝究竟有多普及呢？

不僅文人寫，皇帝也寫，甚至樂坊歌女，都能即興來一首，簡直可以說是全民好（ㄏㄠˋ）詞。

現在知道什麼叫文體不分家了吧？

詞在宋朝隨便使點勁——

就趕上乒乓球的地位了！

寫詞的人多了，以前的老腔老調就不夠用了，所以宋朝的詞人還在詞的**內容**和**技巧**上，進行了創新。

這一創，就創出了好多流派。

比如我們最熟悉的兩大派──

就是後人按照宋詞的風格來分的。

如果說李杜是唐朝的頂流，能被我們拿出來說說，那蘇軾就是宋朝的「神人」，憑一己之力，擴大了宋詞的邊界。

下面我們就來看一首他的詞。這首詞也是蘇軾豪放詞的代表。

念奴嬌 · 赤壁懷古

大江[1]東去，浪淘[2]盡，千古風流人物[3]。故壘[4]西邊，人道是，三國周郎[5]赤壁。亂石穿空，驚濤拍岸，捲起千堆雪。江山如畫，一時多少豪傑。

遙想[6]公瑾當年，小喬初嫁了，雄姿英發[7]。羽扇綸巾[8]，談笑間，檣櫓[9]灰飛煙滅。故國神遊，多情應笑我，早生華髮[10]。人生如夢，一尊[11]還酹[12]江月。

【注釋】

[1]大江：指長江。

[2]淘：沖洗，沖刷。

[3]風流人物：指傑出的歷史名人。

[4]故壘：古時軍隊營壘的遺跡。

[5]周郎：指周瑜。

[6]遙想：形容想得很遠；回憶。

[7]雄姿英發（ㄈㄚ）：姿容雄偉，英氣勃發。

[8]羽扇綸（ㄍㄨㄢ）巾：羽扇，羽毛製成的扇子。綸巾，青絲製成的頭巾。

[9]檣櫓（ㄑㄧㄤˊ ㄌㄨˇ）：這裡代指曹操的水軍戰船。檣，掛帆的桅杆。櫓，一種搖船的槳。

[10]華髮：花白的頭髮。

[11]尊：同「樽」，酒杯。

[12]酹（ㄌㄟˋ）：古人以酒澆在地上表示祭奠、憑弔。

[翻譯]

　　大江之水滾滾地向東流去，大浪淘盡千古英雄人物。那舊營壘的西邊，人們說那就是三國時周郎大破曹兵的地方──赤壁。岸邊亂石林立，像要刺破天空，驚人的巨浪拍擊著江岸，激起的浪花好似千萬堆白雪。雄壯的江山如一幅畫卷，一時間湧現出多少英雄豪傑。

　　遙想當年的周瑜春風得意，小喬剛剛嫁給了他，姿容雄偉，英氣勃發。手搖羽扇，頭戴綸巾，談笑之間，就把強敵的戰船燒得灰飛煙滅。如今我身臨古戰場神遊往昔，可笑我還有如此多的懷古柔情，可憐兩鬢已生白髮。人生猶如一場夢，且灑一杯酒祭奠江上的明月。

這首詞是蘇軾基於三國歷史，寫的一首懷古詞。蘇軾想表達的
是：曾經叱吒風雲也扛不住時間的洗刷。他從景看到了歷史，又從歷
史發散到了人生，豪放的語言展現的是他曠達的內心。

既然看過了豪放詞的代表，我們也不能厚此薄彼。下面我們就來婉約一把，看一首**李清照**的詞：

如夢令・昨夜雨疏風驟

　　昨夜雨疏[1]風驟[2]，濃睡[3]不消殘酒[4]。試問捲簾人[5]，卻道海棠依舊。知否，知否？應是綠[6]肥紅[7]瘦。

【注釋】

[1]疏：指稀少。

[2]驟：疾速。

[3]濃睡：酣睡、熟睡。

[4]殘酒：這裡指殘餘的酒意。

[5]捲簾人：指侍女。

[6]綠：綠葉。

[7]紅：紅花。

【翻譯】

　　昨夜雨稀稀落落地下，風疾速地刮。一夜的熟睡並沒消除殘餘的酒意。問那正在捲簾的侍女：庭園裡海棠花現在怎麼樣了？她說海棠花依然和昨天一樣。你知道嗎？你知道嗎？這樣的一夜風雨後，應該是綠葉繁茂、紅花凋零了。

這是李清照17歲時寫下的一首詞，透過寫自己對春天逝去的傷感，來表達對少女時光匆匆流逝的感歎。只是花兒被打落的景象，就讓李清照生出無限感慨。千古第一才女的細膩和文思，實在讓人欽佩。

宋詞源自詩，卻與詩不同，長短不一的句子，能表達詩歌所不能表達的情感。而我們現代人也可以透過詞，去感受兩宋時期的風雲變幻。

> 為何到宋朝都說詞，宋朝人不寫詩嗎？

> 並非如此。

　　宋朝也有大量優秀的詩人和優秀的作品，但因為唐詩的光芒太耀眼，所以宋人的創作受到了局限。但宋朝人依舊在寫詩上走出了自己的路，這裡就不延伸講解了。

無論是唐詩、宋詞，還是宋詩，我們都在《半小時漫畫唐詩》、《半小時漫畫宋詞》跟大家詳細聊過了。在這裡就偷懶省略一下，大家自行去複習吧。

唐詩和宋詞，是中國文學史上最耀眼的兩顆明珠，甚至可以說，他們各自代表了一個朝代。畢竟提到唐宋，大家的第一反應，可能就是唐詩、宋詞。

唐詩宋詞兩大高峰過後，古詩詞的發展也迎來了一個低谷：**明清**詩歌。

明清詩歌又將何去何從，就是下一章的故事了。

十一、明清詩歌：明朝詩壇流派多，清朝詩人個性強

上一章我們聊完了輝煌的唐宋詩歌，這一章我們接著講明清那點事兒。

為何跳過了**元朝**呢？不是哥偷懶，是因為寫詩這件事，在元朝不太主流。

因為蒙古人在占領北方之後，做了一件事：把科舉給停了！

這就意味著，文人們讀再多的書也不能當官了。

雖然元朝曾有幾年短暫恢復了科舉制，但對漢人的政策很不友好，文人想出頭依然沒戲唱。

那靠什麼吃飯呢？當時，看戲是民間最流行的娛樂活動，為了謀生，文人們就跑去**寫劇本**。

老闆，這是我剛寫的《大江大河》。

抱歉，地理題材我們不要。

所以在元朝，詩歌的成就不怎樣，戲劇的成就卻是相當高。

但寫劇本這種活兒，在文人心裡一直都是不入流的，他們覺得詩才是正經文學。

所以到了明清兩代，科舉恢復，文人們一過上穩定的官場生活，就又開始寫詩了。

可不知道是太久沒寫手生了，還是前人的光輝太耀眼，明清兩代的詩都跳不出**唐宋**的套路。

而關於學哪種風格、走什麼套路，明清文人倒是很有自己的想法。我們分別來看看。

一、明朝

　　明朝文人有個愛好，喜歡抱團，所以明朝詩壇的主要活動就是幫派鬥爭。

　　寫詩這麼優雅的事，為何還能打起來呢？這得從明朝的**職場環境**說起。

　　話說明朝建立之後，恢復了科舉考試，文人們終於能重新回到官場上班了。

但是，明朝皇帝對文人的思想控制很嚴格，還專門成立了特務機構，監視大臣的一舉一動。

在這種氛圍下，大家都不太敢有自己的想法，只能寫一些歌頌太平盛世的詩。

這種專門用來拍馬屁的詩風，叫作**台閣體**。明朝初期的京城高官寫詩，大多都走這個路線。

　　這種「吹捧詩」的水準在後人看來很普通，但當時寫詩的人都自我感覺良好。

好在到了明朝中期，思想稍微開放了點，馬屁精風氣不再那麼流行，就有兩組人提出了新的口號：

　　詩必盛唐，就是寫詩就要學唐詩，走**復古**的道路。

　　這兩組人的時代一前一後，各有七個人，後人便把他們分別叫作：**前七子**和**後七子**

明朝中期，詩壇以「前後七子」為代表，詩的風格也以復古為主。

但大明這麼任性的朝代，可不想老學唐朝，所以在後期，又冒出了兩組人：

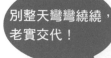

　　一組人覺得，應該想到什麼寫什麼，越直白越好。

　　因為他們代表人的老家在公安，所以叫**公安派**；

　　另一組人覺得，用詞要有深度，越難懂越好。

　　因為他們代表人的老家在竟陵，所以叫**竟陵派**。

　　兩大派生活在同一個時代，都反對復古，但他們的追求卻截然相反。

好了，我們來簡單總結一下，明朝詩壇的幾個主要流派：

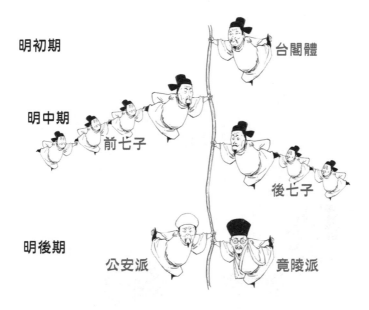

除此之外，還有好多大大小小的門派，大家拉幫結派打嘴仗一百多年，卻很少留下很知名的作品。

倒是也有人不參與門派鬥爭，比如明朝初期，當大家都忙著寫台閣體詩歌的時候，有個人就有別的愛好。

他叫**于謙**。

　　與溜鬚拍馬不同，于謙寫詩，是為了**表達志向**。他17歲時，就寫了一首讚美石灰的詩。

石灰吟[1]

千錘萬鑿[2]出深山，烈火焚燒若等閒[3]。

粉骨碎身渾不怕，要留清白[4]在人間。

【注釋】

[1]石灰吟：讚頌石灰。吟：讚頌。吟是古代詩歌的一種體裁。

[2]千錘萬鑿：石灰是一種建築房屋時需要使用的黏合材料，將主要成分為碳酸鈣的天然岩石在高溫下煅燒而成，開採石灰石非常艱難，所以說千錘萬鑿。

[3]若等閒：好像很輕鬆平常的事情。

[4]清白：燒成的石灰使用時，以水化開，呈現出雪白的顏色。此處比喻高尚的節操。

【翻譯】

千萬次錘鑿運出深山，

烈火焚燒也視若等閒。

粉身碎骨都從未害怕，

只為把清白留在人間。

　　這首詩表面寫的是石灰的一生，實際上是把石灰比作自己，表達自己不怕困難、勇於犧牲的志向。

後來于謙去朝廷當了公務員，趕上一件大事：皇帝親自出去打仗，結果被敵人抓了。

　　沒了皇帝，京城一片混亂。面對敵人來襲，于謙帶頭作戰，保住了京城。

　　他真的活成了詩裡的樣子，成為了明朝的民族英雄。

作為兵部尚書，于謙不是專職搞文學的，但他的詩寫的都是真情實感，與台閣體專業戶相比，還是比較出色的。

謙兒哥，跨界玩玩就行了，怎還搶我飯碗呢？

總的來說，明朝文人都在各自的套路裡鑽牛角尖。像于謙這種順其自然寫詩的妥妥地屬於「非主流」。說到非主流，清朝有兩位詩人也必須擁有姓名。

二、清朝

　　如果說明朝文人是拉幫結派窩裡鬥，清朝文人就安靜多了。他們喜歡**看書**，因為他們覺得，完美的詩歌是能從書裡悟出來的。

　　不過也有特立獨行的人，覺得照著書寫詩沒有靈魂，詩還是要有自己的個性。

所以清朝詩壇主要有這麼兩類人：啃書本的老學究、跳出書本超有個性的獨行俠。

清朝人為何那麼喜歡看書呢？

其實是有原因的。

清朝繼承了明朝的江山，也繼承了明朝的一大產物——**文字獄**。

特別是在康乾盛世，看上去歲月靜好，其實文人的職場環境可刺激了。但凡詩裡寫錯一句話，分分鐘小命不保。

所以文人們要麼「吹捧」太平盛世，要麼就關起門來研究古書。

　　研究古書的學問叫**考據學**。清朝文人在這方面的研究全面透徹，給今天的學者打下了很好的基礎。

　　做研究的人都喜歡打破砂鍋問到底。所以在寫詩方面，大家也開始研究：**到底什麼樣的詩才是好詩？**

他們在書裡找了很多神道的標準。

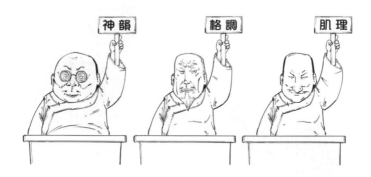

簡單來說，他們更關心的是詩的**外在形式**，也就是怎麼把一首詩寫得漂亮。

但有人出來唱反調了，他覺得詩好不好，不能只看「臉」。

這個不迷信書本的人，就是大清第一精緻男孩：**袁枚**。

袁枚認為，不談感情的寫詩都是浪費紙，而除了真情實感，寫出好詩還要憑才華。一首好詩就是要既有情又有才，袁枚管這個叫性靈。

他的這個觀點，就叫**性靈說**。

性靈最早是明朝**公安派**提出來的，袁枚算是將它發揚光大了。

如果說好好學習是才華的基礎，那熱愛生活就是感情的源泉。袁枚就是一個特別熱愛生活的人。

　　袁枚可不是打工人，他是全職詩人。他因為討厭官場的規矩，30多歲就提前退休了。

　　然後，在南京買了個園子，經常招一幫文人過來開派對，這個園子，就是著名的**隨園**。

　　袁枚也不是只在隨園裡宅著，他沒事也到處溜達。有一天他在林子裡散步，看見一個牧童在唱歌，於是就寫下了這首〈**所見**〉。

所見

牧童[1]騎黃牛，歌聲振[2]林樾[3]。
意欲捕鳴蟬，忽然閉口立。

【注釋】

[1]牧童：放牛的孩子。
[2]振：振盪。形容牧童的歌聲嘹亮。
[3]林樾：道旁遮陰的綠樹。

【翻譯】

牧童安閒地騎在黃牛背上，
悠揚的歌聲在樹林間迴蕩。
忽見枝頭鳴叫的知了想去捕捉，
頃刻間就閉住了雙唇一聲不響。

　　袁枚很善於發現平凡生活中的趣味。他精準地捕捉到了牧童神情的變化，讓一個普通的場景鮮活了起來。

　　能寫出有趣的詩，袁枚本身也是個有趣的人。他在隨園裡不但研究詩，還認真研究吃。

　　所以他不但寫了一本《隨園詩話》，還整出了一本《隨園食單》。

　　袁枚最大膽的舉動，是公開招收女學生，前前後後一共有五六十個女孩子跟他學詩。這事擱現在沒什麼，在當時就炸鍋了。

　　在古代社會，女子是不能看書識字的，袁枚不但讓她們學詩，還要當她們的老師，可以說是相當有個性了。

不過要說不羈放縱有個性，我們必須請出另一個人：

龔自珍

龔自珍的境界可比袁枚高多了，袁枚滿腦子都是享受生活，而龔自珍滿腦子都是怎麼救國。

他生活的年代，離**鴉片戰爭**不遠，當時大部分人還沉浸在盛世的假象裡，就龔自珍感覺好日子快到頭了。

龔自珍一直沒做過什麼大官，但寫起詩來是相當霸氣。他因為看不慣朝廷的黑暗，經常在詩裡指天罵地。

大家讀讀這首〈己亥雜詩〉感受一下。

己亥雜詩（其一二五）

九州[1] 生氣[2] 恃[3] 風雷[4]，萬馬齊暗[5] 究[6] 可哀。

我勸天公[7] 重抖擻[8]，不拘一格[9] 降[10] 人才。

【注釋】

[1]九州：傳說中國上古分為九州，為冀州、兗州、青州、徐州、揚州、荊州、豫州、梁州、雍州，見《尚書‧禹貢》。此處代指中國。

[2]生氣：生命力。

[3]恃：憑藉。

[4]風雷：風神，雷神。

[5]萬馬齊暗：所有的馬都不發聲，比喻當時的人們都不敢說話，社會死氣沉沉。暗（ㄧㄣ），嗓子啞了，不能發聲，緘默不語。

[6]究：終究，畢竟。

[7]天公：玉皇大帝。也借指當時的帝王道光皇帝。

[8]重抖擻：重新振作奮發。

[9]不拘一格：打破常規，不拘泥於一種方式。

[10]降：賜給，給予。這裡有產生、選用的意思。

【翻譯】

　　九州恢復生機要憑藉風雷激盪，

　　萬馬齊喑的沉悶畢竟令人悲哀。

　　我勸天公你必須重整旗鼓，

　　打破所有陳規去選拔人才。

　　他在這首詩裡口氣超大，不但犀利地批評世道不好，還直接向老天爺喊話。

很多人看不慣他這種作風，甚至還有老前輩給他寫信，勸他不要作妖。

不過以上只是龔自珍的Ａ面，他寫詩還有Ｂ面，也就是比較溫情的一面。

比如寫一寫離愁和落花：

己亥雜詩（其五）

浩蕩[1]離愁[2]白日斜，吟鞭[3]東指[4]即天涯[5]。

落紅[6]不是無情物，化作春泥更護花。

【注釋】

[1]浩蕩：形容水勢浩大洶湧。此處形容作者心潮不平。

[2]離愁：離別京都的愁思。

[3]吟鞭：詩人的馬鞭。

[4]東指：指向東邊。

[5]天涯：遠離京師的地方。

[6]落紅：落花。

【翻譯】

> 胸間的離愁別恨奔騰浩大，
>
> 離別京城眼看著白日西下。
>
> 詩人的馬鞭指向東南故鄉，
>
> 遙遠的路程好像海角天涯。
>
> 辭職還鄉如樹頭花朵掉落，
>
> 卻不是無感情的草木枝丫。
>
> 落在地上化成春天的泥土，
>
> 更好滋育後來的綠葉紅花。

在這首詩裡，他借「落花」表達了自己即使不做官，也要為國家作貢獻的志向。

龔自珍的〈己亥雜詩〉並不是只有上面這兩首。〈己亥雜詩〉一共有315首，相當於一部大型連續劇，都是在**己亥年**（1839）寫出來的。

就在寫完〈己亥雜詩〉的兩年後，1841年，龔自珍突然去世。死因至今沒有定論。

　　這些詩主要寫的是他經歷了什麼以及在想些什麼，如果我們讀完這三百多首詩，基本上就能認識一個完整的龔自珍。

就像龔自珍自己說的，人詩合一才是最高境界。

　　後來，中國進入了水深火熱的近代，越來越多人開始意識到，國家正面臨生死存亡。他們看到什麼都想要一鍵更新。

對於寫詩，他們也有一些新想法。不過詩發展了好幾千年，基本上也沒剩什麼創新空間。所以寫詩的人少了，很多人都跑去開發別的文體。

那我們今天為何還要背詩呢？舉個例子，一般人看到美的東西只會說：

但有了詩就不一樣了，它給我們提供成千上萬種表達美的方式。這就是我們常說的**有詩意**。

詩是古人留給我們的巨額遺產，詩裡記錄了他們的歷史，寄託了他們的感情。我們學詩就像在和古人對話。

好了，詩的故事就講到這裡。看完書記得多讀詩，對學生們來說，反正考試也要考的。

江湖再見了！拜！

參考文獻

參考文獻

[1] 郭預衡. 中國古代文學史（一）[M]. 上海：上海古籍出版社，1998.

[2] 郭預衡. 中國古代文學史（二）[M]. 上海：上海古籍出版社，1998.

[3] 郭預衡. 中國古代文學史（三）[M]. 上海：上海古籍出版社，1998.

[4] 郭預衡. 中國古代文學史（四）[M]. 上海：上海古籍出版社，1998.

[5] 袁行霈. 中國文學史（第三版）· 第一卷 [M]. 北京：高等教育出版社，2014.

[6] 袁行霈. 中國文學史（第三版）· 第二卷 [M]. 北京：高等教育出版社，2014.

[7] 袁行霈. 中國文學史（第三版）· 第三卷 [M]. 北京：高等教育出版社，2014.

[8] 袁行霈. 中國文學史（第三版）· 第四卷 [M]. 北京：高等教育出版社，2014.

[9] 游國恩等主編. 中國文學史（一）[M]. 北京：人民文學出版社，2002.

[10] 游國恩等主編. 中國文學史（三）[M]. 北京：人民文學出版社，2002.

[11] 游國恩等主編. 中國文學史（四）[M]. 北京：人民文學出版社，2002.

[12] 錢穆. 國史大綱（上冊）[M]. 北京：商務印書館，2010.

[13] 梁啟超. 要籍解題及其讀法 [M]. 長沙：嶽麓書社，2010.

[14] 朱自清. 經典常談 [M]. 西安：三秦出版社，2019.

[15] 褚斌傑. 《詩經》與楚辭 [M]. 北京：北京大學出版社，2012.

[16] 朱熹. 詩集傳 [M]. 王華寶，整理. 南京：鳳凰出版社，2011.

[17] 王逸. 楚辭章句 [M]. 黃靈庚，點校. 上海：上海古籍出版社，2017.

[18] 常森. 屈原及楚辭學論考 [M]. 北京：北京大學出版社，2016.

[19] 王青. 揚雄傳 [M]. 成都：天地出版社，2020.

[20] 孫學敏編著. 司馬相如與漢賦 [M]. 長春：吉林出版集團有限責任公司：吉林文史出版社，2009.

[21] 廖群. 兩漢樂府學術檔案 [M]. 武漢：武漢大學出版社，2015.

[22] 陶文鵬. 詩歌史話 [M]. 北京：社會科學文獻出版社，2012.

[23] 陳壽撰. 三國志 [M]. 裴松之，注. 北京：中華書局，2011.

[24] 郭預衡. 中國古代文學史長編 · 秦漢魏晉南北朝卷 [M]. 北京：首都師範大學出版社，2000.

[25] 劉義慶. 世說新語 [M]. 北京：中華書局，2011.

[26] 房玄齡. 晉書 [M]. 北京：中華書局，2015.

[27] 葉嘉瑩. 葉嘉瑩說漢魏六朝詩 [M]. 北京：中華書局，2015.

[28] 葉嘉瑩. 古詩詞課 [M]. 北京：生活·讀書·新知三聯書店，2018.

[29] 《中國古代文學史》編寫組. 中國古代文學史. 上冊 [M]. 北京：高等教育出版社，2018.

[30] 吳小如，王運熙，章培恒等. 漢魏六朝詩歌鑒賞詞典 [M]. 上海：上海辭書出版社，1992.

[31] 王兆鵬. 論宋詞的發展歷程 [J]. 暨南學報：哲學社會科學版，2000.

[32] 龍建國，黃曼玲. 論宋詞衰落的原因 [J]. 信陽師範學院學報：哲學社會科學版，1995.

[33] 歷代名詩鑒賞·元明清詩 [M]. 上海：上海辭書出版社，2018.

[34] 錢仲聯編選. 明清詩精選 [M]. 南京：鳳凰出版社，2018.

[35] 嚴迪昌. 清詩史（上下）[M]. 北京：人民文學出版社，2019.

半小時漫畫古詩詞

作　　者　陳磊‧半小時漫畫團隊
責任編輯　夏于翔
內頁構成　李秀菊
封面美術　江孟達工作室

發 行 人　蘇拾平
總 編 輯　蘇拾平
副總編輯　王辰元
資深主編　夏于翔
主　　編　李明瑾
業　　務　王綬晨、邱紹溢
行　　銷　廖倚萱
出　　版　日出出版
　　　　　地址：10544台北市松山區復興北路333號11樓之4
　　　　　電話：02-2718-2001　傳真：02-2718-1258
　　　　　網址：www.sunrisepress.com.tw
　　　　　E-mail信箱：sunrisepress@andbooks.com.tw

發　　行　大雁文化事業股份有限公司
　　　　　地址：10544台北市松山區復興北路333號11樓之4
　　　　　電話：02-2718-2001　傳真：02-2718-1258
　　　　　讀者服務信箱：andbooks@andbooks.com.tw
　　　　　劃撥帳號：19983379　戶名：大雁文化事業股份有限公司

印　　刷　中原造像股份有限公司
初版一刷　2023年8月
定　　價　480元
I S B N　978-626-7261-76-7

原書名：《半小時漫畫必背古詩詞》
作者：陳磊‧半小時漫畫團隊
本書中文繁體版由讀客文化股份有限公司經光磊國際版權經紀有限公司授權日出出版在全球
（不包括中國大陸，包括台灣、香港、澳門）獨家出版、發行。
ALL RIGHTS RESERVED
Copyright © 2021 by 陳磊‧半小時漫畫團隊
Original Edition © 2021 by Jiangsu Phoenix Literature and Art Publishing, Ltd.

版權所有‧翻印必究（Printed in Taiwan）
缺頁或破損或裝訂錯誤，請寄回本公司更換。

國家圖書館出版品預行編目（CIP）資料

半小時漫畫古詩詞／陳磊，半小時漫畫團隊著.
-- 初版. -- 臺北市：日出出版：大雁文化事業股
份有限公司發行, 2023.08
344面；15×21公分
ISBN 978-626-7261-76-7（平裝）

1.CST: 詩詞　2.CST: 中國古典文學
3.CST: 文學評論　4.CST: 漫畫

821.88　　　　　　　　　　　　112011535

圖書許可發行核准字號：文化部部版臺陸字第112043號
出版說明：本書由簡體版圖書《半小時漫畫必背古詩詞》以正體字在臺灣重製發行，推廣經典
詩詞。